기죽지 말고 살아 봐

위로와 소망을 담은 나태주 아포리즘

기죽지 말고 살아 봐

초판 1쇄 발행 2017년 2월 24일
초판 2쇄 발행 2018년 5월 23일

지은이   나태주
그림   나태주

펴낸이   김선기
펴낸곳   (주)푸른길
출판등록 1996년 4월 12일 제16-1292호
주소   (08377) 서울시 구로구 디지털로 33길 48 대륭포스트타워 7차 1008호
전화   02-523-2907, 6942-9570~2
팩스   02-523-2951
이메일   purungilbook@naver.com
홈페이지 www.purungil.co.kr

ISBN   978-89-6291-380-4 03810

• 이 도서의 국립중앙도서관 출판예정도서목록(CIP)은 서지정보유통지원시스템 홈페이지(http://
seoji.nl.go.kr)와 국가자료공동목록시스템(http://www.nl.go.kr/kolisnet)에서 이용하실 수 있습
니다.(CIP제어번호: CIP2017003312)

위로와 소망을 담은 나태주 아포리즘

기죽지 말고
살아 봐

나태주 글

푸른길

날마다

날마다 이 세상 첫날처럼
아침을 맞이하고
날마다 이 세상 마지막 날처럼
저녁을 정리하며
살게 해주십시오.

    젊은 세대가 책을 읽는 것은 좋은 일이고 고마운 일입니다. 그들의 인생은 길므로 책의 내용이 오랫동안 젊은이들의 마음속에 살아 있을 것이기 때문입니다.

    될수록 젊은 사람들이 이 책을 읽어 주었으면 좋겠습니다. 그러기 위해서 내가 아는 말 가운데 가장 좋은 말, 아름다운 말, 사랑스러운 말들만 골라서 이 책을 쓰려고 노력했습니다.

만약 젊은이들이 이 책을 읽는다면 그들 인생의 앞날도 조금쯤 달라지지 않을까요. 그렇게 된다면 서로가 좋은 일이 될 것입니다.

2017년 초봄
나태주

• 차 례

1월의 서

2017. 2. 7 따딴딴

서시

죽는 날까지 하늘을 우러러

한 점 부끄럼이 없기를,

잎새에 이는 바람에도

나는 괴로워했다.

별을 노래하는 마음으로

모든 죽어가는 것을 사랑해야지

그리고 나한테 주어진 길을

걸어가야겠다.

오늘밤에도 별이 바람에 스치운다.

윤동주

우리나라의 젊은 세대가 가장 사랑하는 시는 윤동주 시인의 바로 이 시, 「서시」다. 누구라도 이 시를 읽으면 마음이 맑아지고 자신을 돌아보는 계기를 갖는다고 한다. 자성과 깨달음이 거기에 있는 것이다.

특히 마지막 구절 "오늘밤에도 별이 바람에 스치운다."가 더욱 그렇다. 바람에 스치우는 별은 100년 전 윤동주 시인이 살아서 보았던 그 별이나 오늘의 별이나 같은 별이다. 따라서 이 별은 오늘만이 아니라 내일도 반짝일 것이고 바람에 스치울 것이다. 그러므로 이 시는 별과 함께 영원히 살아 있는 시가 될 것이다.

인생

시 쓰는 사람으로서 내가 가장 좋아하는 시에 대한 정의는 엘리엇이란 사람이 했다는 이런 말이다. '시에 대한 정의는 오류의 역사다.' 이를 패러디해서 인생을 말해 보면, '인생에 대한 정의는 오류의 역사다.'가 된다. 여기서 나는 이를 발전시켜 '인생은 무정의의 용어다.'라고 말하고 싶다. 아무리 인생에 대해서 이렇다 저렇다 말해 본들 그것은 결코 정답이 아니다.

가장 좋은 인생은 어떤 인생인가? 좋은 마음으로 좋게 사는 인생이 가장 좋은 인생일 것이다. 그냥 사는 인생이 가장 좋은 인생일 것이다. 지금껏 지상에 살다 간 수많은 선인들의 인생이 좋은 인생이고 뒤따라올 사람들의 인생이 좋은 인생이다.

그냥 살아 보는 거다. 무작정 살아 보는 거다. 하늘을 나는 새도 꼭 무슨 목적이 있어서 저렇게 나는 건 아니다. 새니까 새처럼 나는 것이다. 사람도 마찬가지로 사람이니까 사람으로 살아 보는 것이다.

퐁당! 물속으로 뛰어드는 개구리처럼 신나게 살아 보는 것이 좋은 인생이 아닐까 싶다.

날마다 새롭게
–일신일신 우일신

　우리의 하루하루 삶은 지루하고도 따분하다. 반복되는 날들이다. 그날이 그날이라는 생각이 들 수 있다. 그러나 다시 생각해 보면 그렇지 않다. 어제는 어디까지나 어제이고 오늘은 오늘이다. 절대로 똑같은 날이 있을 수 없다.

　정확하게 말한다면 어제는 어제 죽은 날이고, 오늘은 오늘 새롭게 태어난 날이고, 내일은 다시금 태어날 새날이다.

　이런 생각 하나만 가져도 우리의 하루하루 인생은 확 바뀐다. 이럴 때 쓰는 말로 '일신일신 우일신(日新日新 又日新)'이라는 고사성어가 있다. '날마다 새롭게, 날마다 새롭게, 다시 날마다 새롭게'란 뜻이다. 얼마나 좋은 말인가? 산들바람처럼 가슴속까지 시원해지는 말이다.

인생 사계

국어사전을 보면 '사계(四計)'란 말이 나온다. 인생을 살아가는 데 네 가지의 계획이 있다는 말이다. 오늘날 우리가 말하는 프로그램이나 플랜과 같은 계획이 아니다. 보다 광범위한 인생의 설계와 지침이다.

1계: 하루의 계획은 새벽(아침)에 있다. 2계: 1년의 계획은 원단(元旦, 설날 아침)에 있다. 3계: 일생의 계획은 부지런함(근면함)에 있다. 4계: 한 가정 집단, 사회의 계획은 화목(和睦)에 있다.

이 얼마나 놀랍고도 친근하면서 감사한 가르침인가! 나는 국어사전을 옆에 끼고 살았음에도 불구하고 이걸 모른 채로 50 나이를 넘기고 말았다. 후회막급한 일이지만 그때라도 알았으니 감사한 일이지 뭔가.

외롭고도 높다

―고고

'고고(孤高)'란 '외롭고도 높다'란 뜻인데, 한동안 나는 이 단어를 두고 생각을 한 적이 있다. 외로워지면 높아지는 것인가? 높아지면 외로워지는 것인가? 그 둘이 다 맞는 것 같은데 그러면 외로워져서 높아지는 것이 좋을까? 아니면 높아져서 외로워지는 것이 좋을까? 아무래도 외로워져서 높아지는 편이 좋을 것 같다.

외로워진다는 것은 남들과 어울리지 못해서 외로울 수도 있지만 스스로 삼가고 조심해서 외로워질 수도 있겠다. 그러면 스스로 높아지고 그윽해지는 경지에 이르게 될 것이다. 이러한 외로움, '스스로 외롭고도 높아지는 경지'에 대한 시가 한 편 있다. 김종길 시인이 쓴 작품인데 일부를 읽어 보면 다음과 같다.

북한산이 다시

그 높이를 회복하려면

다음 겨울까지는 기다려야만 한다

밤사이 눈이 내린

그것도 백운대나 인수봉 같은

높은 봉우리만이 옅은 화장을 하듯

가볍게 눈을 쓰고

왼 산은 차가운 수묵으로 젖어 있는

어느 겨울날 이른 아침까지는 기다려야만 한다.

김종길, 「고고(孤高)」 일부

위로와 소망

김인중 신부는 서울대학교 미대를 졸업하고 프랑스 파리로
그림 공부를 하러 갔다가 그곳에서 신부가 되어 살고 있는 분
이다. 그러니까 화가이면서 신부인 사람이다. 그의 그림이 현
지에서 크게 알려져 전문가(드니 쿠탄 프랑스 폴세잔협회 회장)로부
터 세잔에 비견할 만하다는 평가를 받을 정도다.

그분이 당신의 고향인 충남 부여에 와서 한 말을 전해 들은
적이 있다. "위로를 받았으면 소망을 가져야지요."란 말이다.
그렇다. 위로가 위로로 끝나면 안 된다. 위로는 현재로 끝나
는 것이 아니라 미래지향적인 것이다. 내일을 위한 것이다.

바로 소망이 그것이다. 내일은 좋아지겠지. 오늘은 날씨가
흐리고 비가 온다 해도 내일은 밝은 날이 주어지겠지. 비록
내일 소망이 이루어지지 않는다 해도 그러한 소망을 가슴에
지닌 것만으로도 우리는 힘이 솟고 감사하고 기쁘다.

위로가 있으려면 감동이 있어야 한다. 그런 뒤에 위로가 이

루어진다. 위로가 이루어지면 치유가 되고, 치유 다음에는 소
망이 싹튼다.

감사한 노릇이다. 신부님다운 축복의 메시지를 꽃다발처럼
가슴에 안아 본다. 가슴이 다 따뜻해진다.

인생 시간표

　인생에도 시계가 있다면 가끔은 그 시계를 들여다볼 필요가 있다. 내 인생의 시계는 지금 몇 시인가? 나는 지금 몇 시간대를 살고 있는가? 따져 보는 것도 나쁘지 않을 것이다.

　예전에는 한 인간의 일생 나이를 70 정도로 쳤다. 이 말씀은 성경에도 나오고('우리의 연수가 70이요 강건하면 80', 시편 90편), 중국의 시성 두보의 시 「곡강(曲江)」에도 나온다('人生七十古來稀', 인생 70세는 예부터 드문 일이다).

　이러한 계산법에 따라 사람의 일생을 맥시멈으로 따져 86세로 계산해 보면, 하루 24시간과 1년 사계절에 맞춘 우리네 인생의 시간표는 다음과 같다.

구분	0~24세	25~48세	49~72세	73~86세
계절	봄	여름	가을	겨울
시간	0~6시	6~12시	12~18시	18~24시
특성	탄생·창조	반복·병치 /성장	수확 /권력	속도 /결말
四苦	生	老	病	死
五方色	靑(청룡)	赤(주작)	白(백호)	黑(현무)
방위	東	南	西	北
詩	起	承	轉	結
인생	유·소년기	청년기	장년기	노년기

옛것을 본받아

-법고창신

　'법고창신(法古創新)'이란 말은 '옛것을 본받아 새로운 것을 창조한다.'는 뜻이다. 이 뜻 안에는 '옛것에 토대를 두되 그것을 변화시킬 줄 알고, 새것을 만들어 가되 근본을 잃지 않아야 한다.'는 생각도 함께 들어 있다.

　요즘같이 빠르게 변화하고 모든 생각이나 물질이 흐르는 시대에 마땅히 우리가 가슴속에 지녀 삶의 푯대로 삼을 만한 귀한 말이다. '온고지신(溫故知新)'과 비슷한 뜻이긴 하지만 약간 다른 뉘앙스이고, 특히 연암(燕巖) 박지원 선생이 학문과 문장 창작에서 중요하게 여겼던 개념이기도 하다.

행복

사랑하는 것은
사랑을 받느니보다 행복하나니라.
오늘도 나는
에메랄드빛 하늘이 훤히 내다뵈는
우체국 창문 앞에 와서 너에게 편지를 쓴다.

행길로 향한 문으로 숱한 사람들이
제각기 한 가지씩 생각에 족한 얼굴로 와선
총총히 우표를 사고 전보지를 받고
먼 고향으로 또는 그리운 사람께로
슬프고 즐겁고 다정한 사연들을 보내나니.

세상의 고달픈 바람결에 시달리고 나부끼어
더욱 더 의지 삼고 피어 헝클어진 인정의 꽃밭에서

너와 나의 애틋한 연분도
한 방울 연연한 진홍빛 양귀비꽃인지도 모른다.

사랑하는 것은
사랑을 받느니보다 행복하나니라.
오늘도 나는 너에게 편지를 쓰나니
그리운 이여 그러면 안녕!
설령 이것이 이 세상 마지막 인사가 될지라도
사랑하였으므로 나는 진정 행복하였네라.

유치환

사랑은 받는 것이 아니라 주는 것이라는 말씀. "사랑하였으므로" "진정 행복하였"다는 고백. 이보다 더 큰 위로와 축복은 없고 이보다 더 따스한 세상은 없다.

또래

어른들이 자주 쓰던 말씀 가운데 '사촌이 땅을 사면 배가 아
프다.'는 말이 있다. 이는 또래의 사람이 잘되면 마음이 불편
하고 시기심이 나고 속이 상한다는 말이다.

그런데 왜 하필 '형이나 동생이 땅을 사면'이 아니고 '사촌
이 땅을 사면'일까? 그것은 사촌 형제가 또래일 수 있기 때문
이다. 사촌이란 아버지 형제의 자식들끼리 맺어진 촌수이다.
그래서 자주 만나는 사이이기도 하고 출생연월이 가까울 수
도 있겠다.

어떤 경우에는 하루 이틀 사이로 형제의 순위가 갈린다. 그
러므로 경쟁 심리가 강하고 상대방이 잘되는 것이 부담스러
울 것이다.

젊은 시절, 나도 또래의 시인들이 상을 타거나 좋은 시집을
내거나 시를 쓸 때 마음 쓰이고 속이 상했다. 나는 뭔가? 그런
생각 때문이었을 것이다. 그럴 때마다 나는 더욱 좋은 시를

쓰고자 노력했고 더 많은 책을 읽으려고 노력했다. 그렇게 하
는 것이 옳다고 생각했는데 지금 와서 보면 잘했다는 생각이
든다.

세 가지 소원

청소년 시절 나의 소원은 세 가지였다. 첫째는 시인이 되는 것이고, 둘째는 예쁜 여자와 결혼하는 것이고, 셋째는 공주에서 사는 것이었다.

1971년 스물여섯 살에 『서울신문』 신춘문예에 당선되었을 뿐더러 그 뒤로 지속적으로 시를 썼고, 지금도 계속해서 쓰고 있으므로 첫 번째 소원은 이루어졌다고 할 수 있겠다.

청년 시절 여러 차례 여자들한테 딱지를 맞았지만 1973년 김성예란 여성을 만나 결혼하여 아들도 낳고 딸도 얻었으니 두 번째 소원도 이루었다고 할 수 있겠다. 충남 서천 출신이지만 현재는 공주에서 40년 가까이 살면서 문화원장의 일을 하고 있으니 그 소원도 이루어졌다고 할 수 있겠다.

그렇다면 나는 분명 소원을 다 이룬 사람이고 행복한 사람이라 하겠다. 청소년 시절 나의 소원이 구체적이고 허황되지 않았음에 대해 오늘은 감사하는 마음이다.

젊은이에게 주는 충고

첫째, 부지런해라.

둘째, 기록하기를 좋아해라.

셋째, 녹차를 즐겨 마셔라.

다산 정약용

첫째, 어느 분야든지 달인이 돼라.

둘째, 경쟁 상대를 국내에서 찾지 말고 세계에서 찾아라.

셋째, 사익보다는 공익에 힘써라.

김태길

다 같이 한국의 젊은이들에게 주는 인생의 지침인데 앞은 조선 시대 실학자 정약용 선생의 말이고, 뒤는 서울대학교 철학과 교수였던 김태길 선생이 정년 퇴임 고별 강연 때 한 말이다. 시대적인 차이와 내용적인 차이가 있지만 둘 다 오늘을 사는 젊은이들에게 의미심장하게 다가오는 말씀이다.

2월의 서

2017. 2. 7 나은이가

나는 무엇으로 사는가

　나는 무엇으로 사는가? 살아 있는 생명체이니 공기와 물과 음식으로 살지만 더 많게는 기쁨으로 산다. 누군가는 신의 은총이나 내세의 믿음으로 산다고 그러지만 믿음이 굳지 못한 나는 다만 목숨의 기쁨으로 산다고 말하고 싶다.

　기쁨은 삶의 원천이고 행복의 바탕이 되는 것. 젊어서는 그것을 알지 못했다. 그렇다면 나는 오늘 무엇이 기쁜가?

　무엇보다도 살아 있음이 기쁘고, 누군가를 만날 수 있음이 기쁘고, 그와 만나 이야기하고 웃고 더 나아가 사랑할 수 있음이 더없이 기쁘고, 내 손과 몸으로 무엇인가 일을 할 수 있음이 기쁘다.

　그러하다. 살아 있음, 사람과의 만남, 일을 할 수 있음이 기쁨이다. 그것을 위해 사는 것이고 그것의 힘으로 고달픈 인생을 견디는 것이다.

빨리빨리 천천히

세상의 일에는 중요한 것과 가벼운 것이 있고, 급한 것과 급하지 않은 것이 있다. 이 네 가지를 조합하면 다음과 같은 일의 순위가 나온다. 1순위는 중요하고 급한 일, 2순위는 중요하지만 급하지 않은 일, 3순위는 가볍지만 급한 일, 4순위는 가볍고 급하지 않은 일.

이러한 일의 순위를 놓고 가장 먼저 해야 할 일은 1순위의 일이다. 누군가 가족이 사고를 당했다든가 고향집에 계신 부모님이 돌아가셨다든가 하는 일이다. 천재지변도 여기에 속한다.

두 번째로 해야 할 일은 3순위의 일이다. 잡지사로부터 인터뷰 요청이 왔다든가 친구와 약속을 했다든가 하는 일이 여기에 속한다.

그다음으로 해야 할 일은 2순위의 일이다. 중요하지만 급하지 않은 일. 독서를 한다든가 취미 생활 혹은 종교 생활을 한다든가 그런 일들이다. 평소에 하고 싶었던 여행을 해 보는 것도 여기에 속한다. 의외로 인생을 성공으로 이끈 사람들은 이 2순위의 일을 일생 동안 끊임없이 지속해 온 사람들이다.

오늘날은 디지털의 시대, 아무래도 전자 문명을 모르면 살아가기가 어렵다. 그렇다고 아날로그의 방법을 아주 잊어버려도 곤란하다. 그래서 나는 나 자신의 삶의 방식을 '빨리빨리 천천히'로 정하여 살고 있다. 서둘러 할 일은 디지털의 도움을 받아서 처리하고, 천천히 할 일은 아날로그 방식으로 천천히 하겠다는 뜻이다.

빨리빨리와 천천히, 그리고 디지털과 아날로그, 그 틈새에 우리의 새로운 삶의 방식이 숨어 있지 않겠나 싶다.

조심스런 인생

인생을 살다 보면 내가 칼자루를 쥘 때도 있고 누군가의 칼날 앞에 설 때도 있다. 칼자루를 쥐었을 때는 누군가를 다치게 할까 조심하고, 칼날 앞에 섰을 때는 칼자루 쥔 사람의 칼날에 상하지 않도록 조심해야 한다.

빌려준다

'빌려준다'와 '준다'라는 말은 흔히 혼동하여 사용하는 말 가운데 하나다. '빌려준다'는 주기는 주되 돌려받겠다는 전제가 깔린 말이고, '준다'는 아주 주겠다는 의미가 담긴 말이다.

우리 집 아이들이 어렸을 때 나는 아이들이 내 책을 읽고 싶다고 하면 기간을 정하여 빌려주곤 했다. 기간이 다 되었어도 책을 읽지 못했다 그러면 일단 가져오라고 한 다음, 다시 기간을 정하여 빌려주곤 했다. 그런 뒤에도 아이가 그 책에 미련을 갖고 있다면 서점에 가서 새 책을 한 권 사서 주었다.

이렇게 '빌려준다'와 '준다'가 다른 것을 알게 된다면 삶에 대한 분별력이 생기고 경제관념도 자연스럽게 좋아질 것이다.

권유

젊어서 알 수 있었다면! 늙어서 할 수 있었다면!

젊은 사람은 무슨 일이든 할 수 있는 힘은 있지만 아는 것이 부족해서 불행하고, 늙은 사람은 알기는 하지만 할 수 있는 힘이 소진되어 불행하다는 말이다.

젊은이여! 알도록 노력해라. 그래서 책을 열심히 읽어야 하고, 현명한 사람의 말을 들어야 하고, 학교에 다니며 공부해야 하는 것이다.

나이 들어 가는 사람이여! 당신들도 더욱 나이 들어서까지 자신이 원하는 일을 충분히 실천할 수 있는 힘을 아끼면서 살아야 할 일이다.

괭이 진 나무
–무용지대용

'아무짝에도 쓸데가 없는 것이 크게 쓰임이 있다.' 얼핏 이해가 가지 않는 말이다. 그렇지만 인생이란 것은 말대로 계산대로만 되는 것이 아니기에 인생을 오래 산 사람의 말을 들어볼 필요도 있다.

처음에는 못나고 모자라 쓸모가 없는 사람이나 물건도 세월이 지나면서 그 쓰임새가 새롭게 생길 때가 있다. 오히려 잘나고 번듯한 인간이나 물건보다 더욱 쓰임과 필요성이 있는 경우가 있다.

'굽은 나무가 선산을 지킨다.'는 말도 같은 맥락이고, '못난 자식이 효도한다.'는 말도 같은 맥락의 말이다.

쓸모없는 것이 크게 쓰일 때가 있다, '무용지대용(無用之大用)'. 큰 그릇은 나중에 천천히 이루어진다, '대기만성(大器晩成)'. 이 말 또한 가끔은 우리에게 각성과 희망을 주는 말이다. '무용지대용'은 『장자』에 나오는 말이다.

분명한 글과 모호한 글

분명하게 글을 쓰는 사람에겐 독자가 모이지만 모호하게 글을 쓰는 사람에겐 비평가가 몰려든다.

알베르 카뮈

글을 쓰는 사람들이 참고할 말이지만, 인생살이에서도 도움을 받을 수 있는 말이다.

날마다의 소망

날마다 나의 소망은 욕 안 얻어먹기와 밥 안 얻어먹기. 이 두 가지만 제대로 잘해 나가도 나의 삶은 괜찮은 삶이 될 것이라 여기며 산다.

사랑은 오래 참고

사랑은 오래 참고 사랑은 온유하며 시기하지 아니하며 사랑은 자랑하지 아니하며 교만하지 아니하며 무례히 행하지 아니하며 자기의 유익을 구하지 아니하며 성내지 아니하며 악한 것을 생각하지 아니하며 불의를 기뻐하지 아니하며 진리와 함께 기뻐하고 모든 것을 참으며 모든 것을 믿으며 모든 것을 바라며 모든 것을 견디느니라. 사랑은 언제까지나 떨어지지 아니하되 예언도 폐하고 방언도 그치고 지식도 폐하리라. (중략) 믿음, 소망, 사랑, 이 세 가지는 항상 있을 것인데 그중의 제일은 사랑이라.

『성경』, 고린도전서 13장

종교적인 내용이지만 우리들 인생에서 이렇게 좋은 구절을 만나기는 흔치 않은 일이다.

또 이러한 사랑을 실천하기도 어려운 일이지만, 이러한 말씀을 마음속에 간직하면서 살아가는 것도 하늘을 안은 듯한 소망이 될 것이다.

누군가 묻는다면

당신은 어떻게 살 거냐고 누군가 묻는다면 나는 대답하리. 오늘도 어제처럼, 내일도 오늘처럼.

당신은 어떻게 살 거냐고 또다시 누군가 묻는다면 나는 또 대답하리. 날마다 이 세상 첫날처럼 살고 이 세상 마지막 날처럼 살 것이라고.

말

    사람은 어디까지나 말과 함께 사람이다. 말은 음성 언어(입말)에서 출발해서 문자 언어(글말)로 발전해 나간다. 만약 사람에게 말이 없었다면 온전한 사람이기 어려웠을 것이다. 오늘과 같은 문명사회는 물론 역사나 과학, 예술이며 온갖 학문조차 불가능했을 것이다.

    인간은 처음부터 말이 있었기에 인간다운 인간이 되었다. 말은 인간의 최고 발명품이며 최선의 도구이다. 그러기에 독일의 하이데거 같은 철학자는 '언어는 존재의 집이다.'라고까지 말했다. 심지어 사람은 생각도 말로 하고 기도도 말로 한다.

    말은 우리들 인간에게 꽃인 동시에 칼이다. 사람을 죽일 수도 있고 살릴 수도 있는 것이 말이다. 친구 사이, 부부 사이, 가장 상처를 받는 것은 상대방이 무심코 던진 모진 말 한마디다. 어떤 경우엔 죽을 때까지 잊지 못하기도 한다. 사람을 사랑하고 미워하는 것도 한마디 말에서부터 출발한다.

　말을 곱고 부드럽게 하면 그 속사람도 곱고 부드러운 사람
이 되지만, 말을 거칠고 모질게 하면 그 속사람도 거칠고 모
진 사람이 된다는 것을 사람들이 알았으면 좋겠다.

나의 소망

내가 제일 싫어하는 일은 남한테 무시당하는 것이고, 내가 제일로 소망하는 일은 나의 아내가 남들한테 무시당하지 않는 사람으로 사는 것이다.

50살에야 알았다
-오십이지

　사람은 날마다 새롭게 배우고 새롭게 태어나는 존재로서의 사람이다. 모든 것을 자기가 다 안다고 생각한다든가, 자기는 완전한 사람이라고 생각하는 것부터가 오류다.

　코를 풀 때는 한쪽 콧구멍을 막은 다음 다른 쪽 콧구멍으로 풀어야 한다. 양쪽 콧구멍으로 한꺼번에 세게 풀면 코가 울려 중이염에 걸릴 수도 있다. 이것은 60대 중반, 중이염에 걸려 이비인후과 의사한테서 배운 얘기이다.

　'마흔아홉 살까지 몰랐던 것들을 오십 살에야 겨우 알았다(四十九非 五十而知).'

　옛날 사람의 말이다.

　그렇다면 80세 먹은 사람이 무언가 새롭게 알았다면 그때는 '79세까지 몰랐던 것을 80세에야 겨우 알았다(七十九非 八十而知)'가 된다. 이 얼마나 놀랍고도 신나는 인생인가! 그렇게 인생은 하루하루가 새로운 것이고 좋은 것이다.

'사십구비 오십이지'란 중국 춘추시대 위나라 사람 거백옥
(蘧伯玉)이 남긴 말이다.

삶이 그대를 속일지라도

삶이 그대를 속일지라도
슬퍼하거나 노하지 말라!
설움의 날을 참고 견디면
머잖아 기쁨의 날이 오리니

마음은 언제나 미래를 꿈꾸고
현재는 우울하고 슬픈 것!
모든 것들은 한순간에 지나가고
지나간 것들은 또다시 그리워지나니.

알렉산드르 푸시킨

어린 시절, 주변에서 늘 보아 오던 친숙한 문장이다. 더러는 시골 이발소 벽에 걸린 페인트 그림 속에 들어 있었고, 결혼식 선물로도 써서 주고받던 문장이다. 그러나 이러한 문장을 입속으로 외우며 가난한 시절 여러 가지 어려운 일들을 우리는 견디며 살았다.

　말하자면 그 어떤 스승이나 부형의 가르침보다 더 좋은 가르침을 주었고, 인생의 위로가 되었다는 말이다. 그러기에 이러한 문장은 오래 가슴에 남아 숨 쉬는 문장이 된다.

3월의 서

2017. 2. 7 따뜻한

난

이쯤에서 그만 하직하고 싶다.

좀 여유가 있는 지금, 양손을 들고

나머지 허락받은 것을 돌려보냈으면.

여유 있는 하직은

얼마나 아름다우랴.

한 포기 난을 기르듯

애석하게 버린 것에서

조용히 살아가고,

가지를 뻗고,

그리고 그 섭섭한 뜻이

스스로 꽃망울을 이루어

아아

먼 곳에서 그윽한 향기를

머금고 싶다.   박목월

무엇이든 꽉 차면 넘치게 되어 있다. 조금쯤 모자란 것이 좋을 때가 더 많다.

내가 존경하는 선생님 가운데 김기평이란 분이 계시다. 선생님은 90이 넘도록 장수하고 계신데, 밥을 드실 때도 '좀 나쁘다' 하게 들어야 한다고 가르치신다. 그래야 건강에도 좋고 장수할 수 있다고 말씀하신다.

여기서 '나쁘다'란 말은 '좋다, 나쁘다'의 그것이 아니라 '조금 부족하다'의 뜻이라고 하신다.

'과유불급(過猶不及)', 지나침은 모자람만 못하다. 공자님의 『논어』에 나오는 이 말씀도 결국은 같은 맥락의 말씀이다.

내 비록 오늘 가난해도

−빈이무첨 부이무교

젊은 시절 나는 너무나 궁색한 사람이었다. 초등학교 선생을 해서 두 아이를 키우며 살았는데, 아내와 내가 또 몸이 약하고 자주 병원 신세를 지는 사람들이라서 여러 가지로 힘들게 살았다. 오죽했으면 아들아이가 초등학교 2학년 때 일기장에 "우리 집은 아빠가 선생질을 해서 근근이 먹고 산다."고 썼겠는가.

이것은 아들아이가 장난감을 사 달라고 조를 때 제 엄마가 자주 한 말을 기억해 두었다가 일기장에 쓸 거리가 없을 때 무심코 쓴 내용이다. 그만큼 우리 집은 돈이 없고 궁색한 집이었다. 아이들이 운동회나 소풍을 갈 때에도 그 당시 유행하던 켄터키치킨이란 음식을 한 번도 사 주지 못한 우리 집이다.

그러나 나는 스스로 그런 가난 속에서도 비굴하게 살면 안된다는 생각을 마음 굳게 했다. 그것은 어디선가 읽은 적이 있는 '빈이무첨(貧而無諂)하고 부이무교(富而無驕)'라는 한문 구절 때문이다. 내가 비록 오늘 가난하게 살고 있지만 남한테 아첨하고 비굴하게는 살지 말자. 그리고 이다음에 내가 형편이 좀 좋아진다 해도 교만하거나 건방지게 굴지 말자.

이 말은 참으로 나에게 삶의 좋은 교훈이 되고 지침이 되어주었다. 나중에까지 후회하지 않아도 좋을 인생을 주었고, 또 훗날 교장으로 승진한 다음에도 선생님들이나 학교에서 함께 일하는 다른 사람들에게 함부로 하지 않는 나 자신을 주었다. 감사한 일이다.

정말로 나는 젊은 시절, 가난해도 가난에 물들지 않고 부자가 되어도 부자에 머물지 않는 그런 사람이 되고 싶었다. 그게 또 하나의 꿈이었다.

봄

기다리지 않아도 오고

기다림마저 잃었을 때에도 너는 온다.

어디 뻘밭 구석이거나

썩은 물웅덩이 같은 데를 기웃거리다가

한눈 좀 팔고, 싸움도 한판 하고,

지쳐 나자빠져 있다가

다급한 사연 듣고 달려간 바람이

흔들며 깨우면

눈 부비며 너는 더디게 온다.

더디게 더디게 마침내 올 것이 온다.

너를 보면 눈부셔

일어나 맞이할 수가 없다.

입을 열어 외치지만 소리는 굳어

나는 아무것도 미리 알릴 수가 없다.

가까스로 두 팔을 벌려 껴안아 보는
너, 먼 데서 이기고 돌아온 사람아.

이성부

    힘차고도 남성다운 글이다. 삶에 지치고 힘이 빠진 날, 이러한 시를 소리 내어 읽어 보면 살아갈 힘과 용기가 저절로 솟기도 할 것이다.

    인생은 때로 이런 것이고, 봄은 또 이렇게 새롭고 눈부신 그무엇의 상징이기도 하다.

옛것을 알고
-온고지신

    오늘날은 디지털 시대다. 컴퓨터는 기본이고 스마트폰, SNS 등 다양한 첨단 문화 방식을 알아야 살아가기가 편리하다. 그렇지만 아날로그 방식 또한 무시해서는 안 된다. 손으로 글씨 쓰기, 그림 그리기, 음식 만들기, 정원 가꾸기 같은 일들은 사람의 손을 직접 쓰지 않으면 안 된다. 물건 가운데서도 최고급 물건은 수제품, 즉 핸드메이드이다.

    옛날 어른들도 이러한 생각을 하여 '온고지신(溫故知新)'이란 말을 했다. 온고지신은 글자 그대로를 풀이하면 '옛것을 익히고 그것을 미루어 오늘의 것을 안다.'는 뜻이지만, 이 말에는 옛것이나 새것이나 한쪽으로 치우치지 않아야 한다는 권고가 들어 있다.

    『논어』「위정편(爲政篇)」에 나오는 공자의 말씀 가운데 '옛것을 익혀 새것을 알면 남의 스승이 될 수 있다(溫故而知新可以爲師矣).'라는 구절에서 비롯된 말이다.

친구

인디언 말로 친구란 '내 슬픔을 대신 지고 가는 자'이다. 또 이런 말도 있다. '좋은 친구는 한 사람도 많다.'

나는 과연 그런 친구를 가졌는가? 물어본다. 아니다. 이렇게 다시 물어야 한다. 과연 너는 누구에게 그런 친구가 된 일이 있었던가?

해마다 봄이 되면

해마다 봄이 되면

어린 시절 그분의 말씀

항상 봄처럼 부지런해라

땅속에서, 땅 위에서

공중에서

생명을 만드는 쉼임없는 작업

지금 내가 어린 벗에게 다시 하는 말이

항상 봄처럼 부지런해라

해마다 봄이 되면

어린 시절 그분의 말씀

항상 봄처럼 꿈을 지녀라

보이는 곳에서

보이지 않는 곳에서

생명을 생명답게 키우는 꿈

봄은 피어나는 가슴

지금 내가 어린 벗에게 다시 하는 말이

항상 봄처럼 꿈을 지녀라

오 해마다 봄이 되면

어린 시절 그분의 말씀

항상 봄처럼 새로워라.

나뭇가지에서, 물 위에서, 뚝에서

솟은 대지의 눈

지금 내가 어린 벗에게 다시 하는 말이

항상 봄처럼 새로워라.

조병화

시인이 어린 시절 어머니의 말씀을 기억해 두었다가 젊은
이들에게 다시금 들려주는 시이다. 교훈은 교훈이지만 부드
럽고 편하고 거부감이 없는 교훈이다. 봄과 어머니의 말씀이
결합된 교훈이라 그럴 것이다.

　사람이 아무리 나이를 먹어도 봄처럼 부지런하고 꿈을 지
니고 새로워만 진다면 언제까지나 젊은 사람이 되고 소망을
지닌 사람, 내일이 있는 사람이 될 것이다. 이 또한 희망이다.

인생의 비극은

인생의 비극은

목표에 도달하지 못한 것이 아니라

도달할 목표가 없는 데에 있습니다.

꿈을 실현하지 못한 채

죽는 것이 불행이 아니라

꿈을 갖지 않은 것이 불행입니다.

새로운 생각을 하지

못한 것이 불행이 아니라

새로운 생각을 해 보려고 하지 않을 때

이것이 불행입니다.

하늘에 있는 별에 이르지 못하는 것이

부끄러운 일이 아니라
도달해야 할 별이 없는 것이
부끄러운 일입니다.

결코 실패는 죄가 아니며
바로 목표가 없는 것이 죄악입니다.

　이 글은 인도 델리의 사원 벽에 누군가 영문으로 낙서해 놓은 것을 베껴다가 한글로 번역한 것이다. 물론 작자의 이름을 알 수 없는 글이지만 생각이 아름답고 인생의 본연을 바라보는 눈길이 따스하고 웅숭깊다.
　분명 많은 곳을 돌면서 많은 것을 보고 체험한 사람의 글임에 틀림없다. 한 시절, 나는 이런 글을 읽으며 많은 위로를 받앉으며 이루지 못한 꿈에 대한 생각을 가다듬기도 했다.

내일의 젊은이들이 읽어 줬으면 좋겠다.

인생의 성공

자주, 그리고 많이 웃는 것
현명한 사람들로부터 칭찬을 받고
젊은이들로부터 존경을 받는 것

정직한 비평가의 찬사를 듣고
친구의 배반까지도 참아내는 것
아름다움을 가려볼 줄 알며
다른 사람에게서 최선의 것을 발견하는 것

건강한 아이를 낳아 기르든
보잘것없이 작은 밭을 가꾸든
사회 환경을 개선하든
내가 태어나기 이전보다
이 세상을 조금이라도 살기 좋은 곳으로

만들어 놓고 떠나는 것

내가 한때 이곳에서 살았으므로 해서
단 한 사람의 인생이라도
행복해지는 것

그것이 바로 당신의 진정한
인생의 성공이다.

랠프 월도 에머슨

에머슨이란 사람, 미국 동부 지역에서 100여 년 전에 목사
로 살다가 나중에는 시인과 사상가로 살았던 사람이다. 헨리
데이비드 소로와 동시대 인물로, 청교도적인 생각과 삶으로

당시뿐만 아니라 후세에까지 많은 영향을 주었다.

　얼핏 이런 문장은 소모적인 인생 가운데 생산적인 인생이 무엇인가 하는 것을 일깨워 준다.

시계 선물

　나는 정말로 좋은 사람이 생기면 시계 선물을 한다. 결코 값비싼 시계가 아니고 평범한 시계다. 그렇지만 시계 속에는 무한한 시간이 들어 있다. 소중한 사람에게 무한한 시간을 선물하는 것보다 더 좋은 선물이 어디 있겠는가!

공부와 교육

공부(工夫)와 교육(敎育)은 많이 다르다. 공부는 스스로 하는 학습이고, 교육은 교사와 함께하는 학습이다. 사회가 좋아지고 개인이 발전하려면 교육보다는 공부하는 시간이 많아져야 한다. 어디까지나 공부는 저 좋아서 스스로 하는 일이기 때문에 싫증이 나지 않고 즐겁게 끝까지 지속할 수 있다.

대개 인생에서 성공한 사람들은 게으름 피우지 않고 공부를 열심히 한 사람들이다. 그것도 죽을 때까지 좋아하는 일을 계속한 사람들이다. 이러한 사람들을 우리는 달인(達人)이라고, 전문가라고 부르기도 한다.

공부는 무엇인가를 만든다는 뜻인 공(工) 자와 사람을 뜻하는 부(夫) 자로 되어 있다. 그러니까 공부라는 말에는 '무엇인가를 끊임없이 만드는 사람'이라는 뜻이 담겨 있다.

글씨나 그림을 잘 쓰고 그리고 시를 잘 짓는 방법도 교육만 가지고서는 안 된다. 일단 모르던 것을 배워서 아는 것을 우리는 학(學)이라고 하고, 그것을 반복적으로 되풀이 숙달하는 것을 습(習)이라고 한다. 그래서 학습이다. 그런데 공부는 학이기도 하고 습이기도 하다. 그것도 혼자서 스스로 하는 학이고 습이다.

자기를 칭찬하자

옛날 어른들은 젊은 세대에게 '일일삼성(一日三省)'을 가르쳤다. 하루에 세 번씩 자기의 잘못을 찾아내어 반성하고 자신을 바로잡자는 뜻이다.

그러나 나는 어린 학생들에게 '일일삼찬(一日三讚)'을 이야기해 주고 싶다. 자기가 무언가 잘못했다고 하면 의기소침해지고 열등감에 빠질 수도 있는 일이다. 그러니까 자기가 잘한 일을 찾아내어 그 점을 칭찬해 보자는 것이다.

그렇게 자기가 잘한 일을 칭찬하다 보면 자신이 제법 괜찮은 사람임을 알게 되고, 그런 마음이 자꾸 자신을 부추기고 용기를 줄 것이라는 생각이다.

이 세상에서 나를 가장 사랑하는 사람은 나 자신이다. 내가 나를 알아주지 않고 부정하면 누가 나를 알아주고 칭찬한단 말인가!

잘한다, 잘했다, 잘할 것이다. 자기가 자기에게 말해 주고 자기를 칭찬하자. 점점 자기가 좋은 사람, 잘하는 사람, 자기가 바라는 사람으로 바뀌어 갈 것이다. 긍정의 마음이 성공하는 삶을 가져다줄 것이다.

시기 질투와 선망

시기 질투와 선망은 많이 다른 것이다. 시기 질투는 나보다 나은 사람을 헐뜯고 평가절하하면서 끌어내리고 싶어 하는 마음 상태이고, 선망은 나보다 나은 사람을 부러워하면서 내가 그 사람과 같아지려는 마음의 노력이다.

당연히 사람은 시기 질투보다는 선망의 마음을 가져야 한다. 까치발이라도 딛고 내 마음의 키를 크게 하려는 마음의 자세가 필요하다. 그러는 동안에 나도 점차 좋아지는 사람이 될 것이다.

좋은 점을 배워라

공자님의 말씀을 엮은 책인 『논어』에는 좋은 말씀이 많지만, '삼인행필유아사(三人行必有我師)'처럼 젊은 나에게 좋은 영향을 준 말씀도 흔치 않다.

'세 사람이 같이 길을 가면 그 가운데에는 꼭 나의 스승 될 만한 사람이 있다.'

이 말씀을 듣고 나는 지금도 누군가를 시기하고 질투하고 불평하기보다는 선망하며 살려고 노력한다.

다른 사람이 잘못하는 것을 보면서 저렇게 하지 말아야지 다짐해 두었다가 그 반대편으로 사는 인생을 가리켜 '반면교사(反面敎師)'라고 한다. 지금도 나는 좋은 시집이나 책을 보면 열심히 읽으면서 그 세계를 내 것으로 하는 동시에 그 사람의 수준을 넘어서려고 애쓴다.

과연 나는 내가 꿈꾸는 산봉우리의 몇 부 능선을 오르고 있는 사람일까?

최상의 만남
-줄탁동시

　무슨 일이든 기회와 계기가 중요하다. 사람과 사람 사이에는 만남이 소중하다. 예부터 만남의 소중함을 설명해 주는 가장 좋은 말은 '줄탁동시(啐啄同時)'이다. 이 말은 본래 불교 용어인데 교육 용어로도 사용되고 있다. 닭이 알을 깔 때, 병아리가 알 속에서 껍질을 쪼는 것을 줄(啐)이라 하고, 어미 닭이 밖에서 쪼는 것을 탁(啄)이라고 한다.

　결국은 이 두 가지가 동시에 일어나는 것이 최상의 상태가 된다는 것이다. 학교에서 선생과 제자가 아주 좋은 관계로 만나는 것을 말하고, 불가에서 수행승과 스승이 잘 만나는 것을 설명하기도 한다.

춘화현상

　호주의 시드니에 사는 한 교민이 고국을 다녀가는 길에 개나리 한 가지를 꺾어 가지고 돌아가 자기 집 정원에 심었다 한다. 그런데 3년을 기다려도 자라기만 할 뿐 꽃을 피우지 않았다. 궁금한 생각에 책을 찾아보니 원인은 시드니에 겨울이 없어서였다는 것이다.

　이것을 전문 용어로 춘화현상(春化現象)이라고 부른다. 겨울과 같은 저온 상태를 거쳐야만 꽃을 피우는 현상이 춘화현상인데 여기에 해당되는 식물로는 백합, 튤립, 히아신스, 수선화, 라일락, 철쭉, 진달래 등이 속한다.

　우리네 인생도 그렇다. 고난이나 시련을 겪은 뒤에야 눈부신 성공과 기쁨이 따르게 되어 있다. 그렇다고 일부러 고난을 청해서 당할 일은 아니지만, 자기에게 어려움이나 고난이 있으면 분명 그 뒤에는 좋은 일이 있을 것을 기다리며 참아 내야 할 일이다.

목마름이 있기에 한 모금 물이 귀하고 물을 마시는 시원함도 있는 것이다. 실패와 고난이 없는 성공이 어디에 있단 말인가!

4월의 서

2017. 2.

은수저

산이 저문다

노을이 잠긴다

저녁밥상에 애기가 없다

애가 앉던 방석에 한 쌍의 은수저

은수저 끝에 눈물이 고인다

한밤중에 바람이 분다

바람 속에서 애기가 웃는다

애기는 방 속을 들여다본다

들창을 열었다 다시 닫는다

먼− 들길을 애기가 간다

맨발 벗은 애기가 울면서 간다

불러도 대답이 없다

그림자마저 아른거린다

김광균

　사람은 때로 애상적일 때가 있다. 센티멘털리즘, 그것은 꼭
나쁜 것만은 아니다. 울고 싶을 때 우리는 울어야 한다. 그것
이 한 방법이고 출구이다.
　실컷 울고 나면 비 내리고 갠 하늘 같은 마음이 될 때도 있
다. 그렇게 슬픔과 울음은 슬픈 사람에게 위로를 약속한다.
　울고 싶으면 울어요. 이것도 하나의 축복이다.

소나무와 잣나무

−송무백열

'송무백열(松茂栢悅)', 소나무가 잘되면 잣나무가 좋아한다. 그런 뜻으로 쓰이는 사자성어다. 내용은 간단하다. 소나무와 잣나무는 비슷한 나무이고 같은 침엽수다. 같은 조건에서 자라는 나무다. 비슷하니까 서로 시기하고 상대방을 깔보고 그래야 하는데 이 경우는 전혀 그렇지 않다. 소나무가 무성하게 잘 자라는 것을 보고 잣나무가 기뻐한다는 것이다.

그렇다면 잣나무가 잘 자랄 때 소나무 또한 기뻐하지 않을 까닭이 없는 것이다.

꽃자리

반갑고 고맙고 기쁘다

앉은 자리가 꽃자리니라!

네가 시방 가시방석처럼 여기는

너의 앉은 그 자리가

바로 꽃자리니라

반갑고 고맙고 기쁘다.

구상

    종교적이고 사변적인 시를 많이 쓴 구상 시인에게 이렇게
도 간결하고 아름다운 시가 있었다는 건 조금쯤 의외의 일이
고 기쁜 수확이다.

    본래 "반갑고 고맙고 기쁘다."란 말은 오상순 시인이 한 말
이다. 오상순 시인은 평생을 집도 가족도 갖지 않고 독신으로

도인처럼 살았던 분이다. 여관과 다방에서 주로 기거하면서 찾아오는 문학청년과 어울려 좋은 인간 세상을 이루며 살았던 분이다.

6·25 전쟁을 전후해서 남한으로 피난 와서 살던 구상 시인은 젊은 시절 오상순 시인과 함께 어울리며 늘 이 말을 들어 외워 두었다. 드디어 구상 시인도 오상순 시인만큼 나이를 먹었을 때 이 말이 떠올라 이 시를 썼다 한다.

어디까지나 삶의 요체는 '반갑고 고맙고 기쁘다.'이다. 이렇게 좋은 말씀은 시대의 강물을 건너 멀리까지 흘러가기 마련이다.

어머니의 휴가

하늘나라에 가 계시는

엄마가

하루 휴가를 얻어 오신다면

아니, 아니, 아니, 아니

반나절 반시간도 안 된다면

단 5분만

그래, 5분만 온대도 나는 원이 없겠다

얼른 엄마 품속에 들어가

엄마와 눈맞춤을 하고

젖가슴을 만지고

그리고 한번만이라도 엄마!

하고 소리 내어 불러보고

숨겨놓은 세상사 중

딱 한 가지 억울했던 그 일을 일러바치고

엉엉 울겠다.

정채봉

　장편동화 『오세암』의 작가로 널리 알려진 정채봉 동화작가. 어린 나이에 모친을 잃었다. 어쩌면 어머니를 기억하지 못하는 나이에 어머니를 잃었는지도 모른다. 아기에게 모성 상실은 전 우주의 상실과 같은 것. 그 아기, 어른이 된 뒤에 어머니를 그리워한다.

　이 얼마나 눈물겨운 사람의 일인가! 그나저나 그 어머니 하늘나라에서 휴가 나왔을 때 일러바치고 싶었던 "딱 한 가지 억울했던 그 일"은 무엇이었을까?

선물

하늘 아래 내가 받은
가장 커다란 선물은
오늘입니다

오늘 받은 선물 가운데서도
가장 아름다운 선물은
당신입니다

당신 나지막한 목소리와
웃는 얼굴, 콧노래 한 구절이면
한 아름 바다를 안은 기쁨이겠습니다.

나태주

선물의 조건은 세 가지. 공짜이면서 새것이고 내가 좋아하는 것이라는 것. 그런 선물을 이미 내가 가지고 있다는 데에 놀라움이 있다. 더구나 그것이 다른 사람에게 "한 아름 바다를 안은 듯한 기쁨"이 된다면 더욱 대단한 일이다.

행복이란 것도 기쁜 마음이 주는 조그만 파장에 지나지 않는다는 것을 나는 일찍이 알지 못했다. 좀 더 일찍 알았으면 좋았을 일이다.

위대한 시인

졸렬한 시인은 빌리고 위대한 시인은 훔친다.

T. S. 엘리엇

　시 쓰는 사람뿐만 아니라 모든 사람들이 알았으면 좋을 지혜다. 물건이나 돈을 훔치면 죄가 되지만 기쁜 마음, 사랑하는 마음, 아름다운 마음을 훔치는 일은 죄가 되지 않는다는 것. 오히려 칭찬의 대상이 될 수도 있는 일이다.

시와 그림
−시중유화 화중유시

'시중유화 화중유시(詩中有畵 畵中有詩)', 이것은 중국 송나라 때 사람 소동파(蘇東坡)의 말이다. 그대로 번역하면 '시 속에 그림이 있고 그림 속에 시가 있다.'이지만, 이를 나 나름대로 번안해 보면 이런 뜻이 들어 있다. 시를 읽고 그림(이미지)이 떠오르지 않으면 시가 아니고, 그림을 보고 시(이야기, 말)가 떠오르지 않으면 그림이 아니다.

이것은 꼭 그림과 시의 소통만을 말하는 것이 아니다. 사유 형태의 자율성을 시사하기도 한다. 이런 말씀 하나 젊은 시절에 제대로 알고 깊이 생각해 보는 것도 인생에 도움이 될 것이다.

가치

　가치란 말은 값어치란 뜻이다. 첫째, 값이 비싸다. 둘째, 쓸모가 있다. 셋째, 사람들이 널리 좋아한다. 이 정도가 일반적인 가치의 의미일 것이다. 그러나 여기서 조금만 더 주의 깊게 들여다보면 가치란 말 속에는 현실적인 면뿐만 아니라 정신적인 면까지 들어 있음을 알게 된다.

　진정 가치 있는 것이 되려면 오랫동안 두고 보아도 변하지 않는 그 무엇이 그 속에 있어야 한다. 진리와 같은 것이 바로 여기에 해당된다. 금언(金言)이란 말도 가치와 관계가 있다. 인간도 가치 있는 인간이 되려면 신의가 있어야 하고 인간적 품위를 갖추어야 한다.

오래된 옷과 사람

옷도 오래된 옷이 좋고 사람도 오래된 사람이 좋다. 오래 입어 내 몸과 같이 느껴지는 옷과, 오래되어 그 마음이 내 마음 같고 내 마음이 그 마음 같은 한 사람. 그런 옷이 정말로 나의 옷이고, 그런 사람이 정말로 나의 이웃이다.

약속

    나는 어려서 세 살부터 열두 살까지 외할머니 집에서 자랐다. 아버지네가 가난하여 외할머니 집에서 밥이나 잘 얻어먹고 자라라고 맡겨진 아이였다. 같이 사는 가족은 외할머니와 나 단 두 사람. 늘 고적한 집안 분위기였다.

    외할머니는 나에게 공부 열심히 하라는 말씀을 많이 하셨다. 하지만 나는 노는 일에 팔리고 만화책 읽는 데 재미를 붙여 공부를 게을리했다. 그때마다 외할머니는 속상해하셨다. 나는 외할머니와 여러 차례 약속을 했다. 이다음부터는 공부를 열심히 하겠습니다.

    깜냥껏 외할머니 말씀을 잘 들어 그 뒤에 수없이 많은 시험을 보았지만 한 차례도 실패한 일이 없었다. 모두가 외할머니의 가르침 덕분이다. 중년의 나이에 입학한 방송통신대학, 졸업 시험을 보는 날 외할머니가 돌아가셨다는 소식을 들었다. 그렇지만 나는 곧장 외할머니한테로 돌아가지 않았다. 보던 시험을 다 보고 나서 다음 날 외할머니한테로 갔다. 그렇게 하는 것을 외할머니가 더 좋아하실 것 같은 생각에서였다.

  지금도 나는 책을 읽거나 글을 쓸 때는 돌아가신 외할머니를 생각하면서 그 일을 한다. 아무리 힘든 일과 속에서도 잠들기 전 30분이나 1시간 정도는 책을 읽다가 잔다. 그것이 외할머니와 한 약속을 지키는 일이라는 생각에서다. 돌아가신 분과의 약속도 지켜야 한다. 언제든 약속은 지켜질 때만 아름다운 것이다.

시간

세상에서 가장 귀한 것은 무엇일까? 돈, 재물, 젊음, 미모, 권력, 명성. 한결같이 귀한 것이고 필요한 것이고 좋은 것들이다. 그러나 시간보다 더 귀한 것은 아니다. 사실 위의 것들은 시간과 관계가 깊은 것들이다. 누군가 나에게 시간을 빌려달라는 사람이 있다면 나는 그의 손에 내가 가진 돈을 대신 쥐여 주겠다.

무작정 시간을 달라는 것은 나의 목숨을 달라는 것과 같다. 피는 물보다 진하다는 말이 있다. 나는 여기에 '시간은 피보다 진하다.'는 말을 하고 싶다. 왜 늙고 병든 아내가 소중한 사람인가? 그와 함께 산 시간이 많았기 때문이다.

가끔 나는 젊은 세대에게 '조각 시간을 아끼며 살아라.'는 말을 한다. 인생은 조각보처럼 조각 시간을 곱게 모아서 꿰맨 하나의 커다란 보자기와 같은 것이다. 그러므로 버스를 기다리는 짧은 시간, 공항에서 비행기 타기를 기다리는 지루한 시간이라도 좋은 생각을 해야 하고 책 한 페이지라도 읽어 둬야 할 일이다. 아름다운 풍경이 있다면 사진으로 남기거나 그림으로라도 그려 둘 일이다.

당신 앞에 좋은 사람, 예쁜 사람이 있는가? 그렇다면 망설이지 말고 좋다고 예쁘다고 말하라. 시간은 당신을 기다려 주지 않는다. 당신이 먼저 가서 뒤따라오는 시간을 기다리고 맞아야 한다. 알록달록 여러 가지 모양의 조각 천으로 만들어진 조각보가 얼마나 아름다운가? 조각보와 같은 인생. 아끼며 사랑하며 살아 볼 일이다.

인생을 바꾸어 놓은 말

어려서 외할머니는 나에게 말씀하시곤 했다. "너는 머리가 좋은 아이가 아니야. 노력하니까 그만큼이나 하는 거야."

말씀을 들을 때마다 그 말씀이 섭섭했다. 기왕이면 머리가 좋은 아이라고 축복의 말씀을 해 주셨다면 얼마나 좋았을까? 내내 그것이 의문 사항으로 남았다.

나이 들어서야 겨우 그 말씀의 진의를 깨닫게 되었다. 그때 만약 나에게 외할머니가 "너는 분명 머리가 좋은 아이야." 라고 칭찬해 주셨다면 어떻게 되었을까? 분명 나는 노력하지 않는 사람이 되었을 것이다.

오늘의 나를 있게 한 것은 외할머니의 그 말씀 한마디다.

"너는 머리가 좋은 아이가 아니야. 노력하니까 그만큼이나 하는 거야."

외할머니, 고맙습니다. 앞으로도 머리가 안 좋은 아이로서 노력하면서 살겠습니다.

잘 사는 인생

잘 사는 인생은 어떤 인생인가? 나 스스로 생각해 본다.

첫째는 자기가 하고 싶은 일을 하면서 사는 인생. 둘째는 그러면서 남들에게 폐를 끼치지 않는 인생. 셋째는 그렇게 산 인생이 남들에게 도움을 주고 부러움을 사는 인생.

쉬운 것 같지만 쉽지만은 않은 주문이다.

제자가 스승보다 낫다

－청출어람

　세상은 변하는 것이고 또 그 변화는 좋은 쪽으로 변화해야 한다. 아이들은 어른보다 낫고, 제자는 스승보다 낫고, 어린 세대는 어른 세대보다 나아야 한다. 이것을 우리는 발전이라 말하고 좋은 세상이라 말한다.

　제자가 스승보다 나을 때 '청출어람(靑出於藍)'이란 말을 사용한다. 가끔은 '출람(出藍)'이라 줄여서 말하기도 한다. 이 말은 『순자(荀子)』의 「권학편(勸學篇)」에 나오는 내용인데, 원문은 '청출어람이청어람(靑出於藍而靑於藍)'이다.

　어떤 것을 쓰든 칭찬의 말인데, 우리는 되도록 다른 사람을 칭찬하면서 살아야 한다. 더욱이 자기보다 어린 사람, 제자, 후배를 칭찬해야 한다. 그래야만 좋은 세상이 될 수 있다.

5월의 서

2017. 2. 8
따오기

어머니에게

이야기할 것이 참 많았습니다.

너무나 오랫동안 나는 객지에 있었습니다.

그러나 가장 나를 이해해 준 분은

어느 때나 당신이었습니다.

오래전부터 당신에 드리려던

나의 최초의 선물을

수줍은 어린아이 손에 쥔 지금

당신은 눈을 감고 말았습니다.

그러나 이것을 읽고 있으면

이상히도 슬픔이 씻기는 듯합니다.

말할 수 없이 너그러운 당신이, 천 가닥의 실로

나를 둘러싸고 있기 때문입니다.

헤르만 헤세(송영택 번역)

어머니는 나를 낳아 주고 길러 주신 분일뿐더러 세상에서 가장 가까운 분이고 가장 정다운 분이다. 그리하여 어머니란 이름은 가장 아름답고 위대한 이름이 된다.

세상 끝날까지 함께할 사람인 어머니, 그 어머니가 세상에 안 계실 때 자식은 막막한 심정이 된다. 더구나 내가 어머니께 드리고 싶은 선물을 준비했을 때 얼마나 그립고 보고 싶을까.

"이야기할 것이 참 많았습니다." 자식의 말은 차라리 울음이 된다.

아름다운 것 세 가지

러시아의 소설가 톨스토이에게 누군가 물었다.

"선생님, 세상에서 가장 아름다운 것 세 가지가 무엇입니까?"

"그것은 첫째가 장미꽃, 둘째가 어린이, 셋째가 어머니 마음이라네."

"그렇다면 그 세 가지 가운데 오직 한 가지만 남긴다면 무엇입니까?"

"그것은 어머니 마음이라네."

마음이 뭉클한 대화다. 왜 어머니 마음이 끝까지 아름다운 것으로 남는가? 장미꽃과 어린이는 시간이 지나면 변하고 말지만, 어머니 마음은 시간이 지나도 변하지 않는 것이기 때문이다.

우리에게 어머니가 계시고, 어머니가 우리를 사랑해 주시는 마음이 있고, 우리가 어머니를 생각하는 마음이 있는 한 우리는 절대로 불행한 사람이 아니다. 그래서는 안 되는 일이다. 그것은 우리들 인생한테 죄짓는 일이다. 우리는 억지로라도 행복한 사람들이 되어야 하는 것이다.

귀한 것 세 가지

　역시 톨스토이의 말이다. 이번에는 세상에서 가장 소중한 것 세 가지. 첫째는 지금, 여기. 둘째는 옆에 있는 사람. 셋째는 그 사람에게 잘하는 것.

　이런 것 하나만 제대로 알고 살아도 우리들 인생은 문득 피어나는 함박꽃처럼 소담스럽고 향기롭고 새롭게 밝아 오는 여행지의 새벽처럼 신선해질 것이 분명하다.

그냥

엄만
내가 왜 좋아?

— 그냥……

넌 왜
엄마가 좋아?

— 그냥……

문삼석

   너무 짧고 너무 단순하다. 하지만 있어야 할 것은 모두 들어
있다. 또 다른 화개장터다. 이것이 바로 근본이고 심플이다.
'그냥' 조건 없이 이 시는 좋다. 누구에게나 그렇다.

어른 어린이

어른들은 누구나 다 처음엔 어린아이였다. 그러나 그것을 기억하
는 어른들은 그리 많지 않다.

생텍쥐페리

　당연한 말씀. 당연한데 당연하지 않은 데에 문제가 있다. 그
문제를 푸는 것이 우리네 인생길. 하루였으면 좋겠다.

교회의 글판

경부선 고속도로를 타고 상행선 서울 톨게이트를 지나 조금만 가면 왼쪽으로 '우리들교회'란 교회가 보인다. 그 교회의 외벽에는 멀리서도 볼 수 있도록 글귀가 쓰여 있다. 가끔씩 글귀가 바뀌는데 빠르게 지나가면서도 보면서 많은 생각을 얻게 된다.

그 글귀들은 우리들교회의 담임목사인 김양재 목사가 쓴 저서의 제목이기도 하다는 걸 나중에야 알았는데, 이렇게 일상생활 가운데서도 우리는 좋은 말을 만나고 그 말들로부터 위로와 감동과 격려를 받는다. 또 그것은 우리에게 반성과 성찰의 기회를 주기도 한다. 좋은 일이다. 기억되는 몇 개 문장을 적어 보면 이러하다.

* 상처가 별이 되어
* 그럼에도 살아냅시다
* 문제아는 없고 문제부모만 있습니다

완전한 솜씨
−대교약졸

'대교약졸(大巧若拙)', 노자의 『도덕경』 45장에 나오는 말이다. '완전한 솜씨는 약간 모자란 듯 서툴러 보인다.' 이 말에서 '교졸(巧拙)'이란 말이 나왔다.

한국의 명필 추사(秋史) 김정희 선생의 말년 글씨가 바로 대교약졸, 교졸의 글씨다. 마치 어린아이가 서툴게 쓴 것 같은 글씨. 그러나 바라보고 있노라면 한없이 부드러워지고 편안해지고 깊어지는 마음을 주는 글씨.

우리 인생이나 시도 바로 이래야 한다고 본다. 그래서 시를 쓰는 나는 이런 말을 하기도 한다.

"시인의 끝은 어린아이다."

그래서 시인은 이제 겨우 말을 배우는 네 살이나 다섯 살 먹은 아이의 혀짜래기 말 같은 도막말로 시를 써야 한다고. 만약에 내가 잘난 체하고 아는 체하고 있는 체하면 누가 좋아할까? 아무도 좋아하지 않는다. 있는 그대로 솔직하게 드러내

놓을 때 사람들은 좋아한다. 이런 것을 시에서는 진정성이라고 말하기도 한다.

'대교약졸'의 원문은 이러하다. '완전히 곧은 것은 약간 굽은 듯해 보이고, 완전한 솜씨는 약간 서툴러 보이고, 완전한 언변은 약간 어눌해 보인다(大直若屈 大巧若拙 大辯若訥).'

세 가지를 빌리지 않는다

경상북도 영양군 일월면 주곡리에 가면 주실마을이 있다. 이 마을은 한양 조씨의 집성촌으로 청록파 시인 가운데 한 분인 조지훈 시인의 고향이기도 하다. 마을 전체가 조지훈 시인의 문학관처럼 꾸며져 있는데, 시인 댁에는 특별한 가훈이 전해지고 있다고 한다.

그것은 세 가지를 빌리지 않는다는 '삼불차(三不借)', 즉 '재물(재불차)과 사람(인불차)과 글(문불차)을 빌리지 않는다.'이다. 이러한 가훈을 400년 가깝게 지켜 왔다니 대단한 집안이다.

재물을 빌리지 않기 위해서는 열심히 일했을 것이고, 사람을 빌리지 않기 위해서는 자식을 잘 키웠을 것이고, 글을 빌리지 않기 위해서는 자식을 열심히 가르치고 공부시켰을 것이다. 훌륭한 어른에 자랑스러운 자손이다. 아무리 봐도 부러운 집안이다.

병病에게

어딜 가서 까맣게 소식을 끊고 지내다가도
내가 오래 시달리던 일손을 떼고 마악 안도의 숨을 돌리려고 할
때면
그때 자네는 어김없이 나를 찾아오네.

자네는 언제나 우울한 방문객
어두운 음계(音階)를 밟으며 불길한 그림자를 이끌고 오지만
자네는 나의 오랜 친구이기에 나는 자네를
잊어버리고 있었던 그 동안을 뉘우치게 되네.

자네는 나에게 휴식을 권하고 생(生)의 외경(畏敬)을 가르치네.
그러나 자네가 내 귀에 속삭이는 것은 마냥 허무
나는 지그시 눈을 감고, 자네의
그 나직하고 무거운 음성을 듣는 것이 더없이 흐뭇하네.

내 뜨거운 이마를 짚어 주는 자네의 손은 내 손보다 뜨겁네.
자네 여윈 이마의 주름살은 내 이마보다도 눈물겨웁네.
나는 자네에게서 젊은 날의 초췌한 내 모습을 보고
좀더 성실하게, 성실하게 하던
그 날의 메아리를 듣는 것일세.

생에의 집착과 미련은 없어도 이 생은 그지없이 아름답고
지옥의 형벌이야 있다손 치더라도
죽는 것 그다지 두렵지 않노라면
자네는 몹시 화를 내었지.

자네는 나의 정다운 벗, 그리고 내가 공경하는 친구
자네는 무슨 일을 해도 나는 노하지 않네.
그렇지만 자네는 좀 이상한 성밀세.

언짢은 표정이나 서운한 말, 뜻이 서로 맞지 않을 때는
자네는 몇 날 몇 달을 쉬지 않고 나를 설복(說服)하려 들다가도
내가 가슴을 헤치고 자네에게 경도(傾倒)하면
그때사 자네는 나를 뿌리치고 떠나가네.

잘 가게 이 친구
생각 내키거든 언제든지 찾아 주게나.
차를 끓여 마시며 우린 다시 인생을 얘기해 보세그려.

조지훈

인생도 이쯤 되면 대단한 인생이다.

스승 같은 벗
– 사우

중국 명나라의 진보적 성리학자였던 탁오(卓吾) 이지(李贄)의 말 가운데 '사우(師友)'란 말이 있다. 글자 뜻 그대로라면 '스승과 벗'이지만, 그의 설명을 들어 보면 '스승이면서 벗'이란 뜻이기도 하다. 그의 말을 보다 발전시켜 유추하면 이렇다. '스승 같지 않은 벗은 벗이 아니며, 벗 같지 않은 스승은 스승이 아니다.'

이 얼마나 좋은 말인가. 스승이지만 벗처럼 친근하여 무슨 일이든 의논하고 싶고 기대고 싶은 사람. 벗이기는 하지만 고매한 인품을 지니고 있어 모든 면에서 나의 스승이 될 만한 사람.

나는 43년 3개월 동안 교직에 있었지만 한 번도 이런 선생으로서 있지는 못한 것 같아 지금 와서 매우 부끄럽고 한스럽다. 이런 말을 좀 더 일찍 알았더라면 얼마나 좋았을까!

아버지 노릇

아버지 있는 사람이 아버지 노릇을 잘할까? 아니면 아버지 없는 사람이 아버지 노릇을 잘할까? 우선 대답은 아버지 있는 사람이 잘한다, 일 것이다. 아버지 밑에서 자랐고 아버지를 모시고 살았으므로 어떻게 아버지 노릇을 하는지 보고 배웠기 때문에 그럴 것이다.

그러나 과연 그럴까? 젊은 시절, 나는 아버지 없이 자란 한 선배한테 어떻게 하면 아버지 노릇을 잘할 수 있느냐고 물으면서 배운 적이 있다. 그분은 어머니 배 속에 있을 때 이미 아버지를 여읜 아들이었다. 유복자, 그것도 여자 형제 한 사람조차 없는 오로지 독자. 얼마나 막막한 입장인가. 그러므로 그분은 홀어머니 밑에서 자랐고, 나중에 어른이 되어 결혼을 하고 세 아이의 아버지가 되었다.

오래 사귀면서 보니 주변에서 아버지 노릇을 제일 잘하는 사람이 그분이었다. 그래서 나는 아이들을 기르며 문제가 생기거나 답답한 일이 있을 때면 그분에게 물었고 그대로 해 보려고 노력했다. 그렇게 해서 아버지 노릇을 어느 정도는 해낼 수 있었다.

뒷날 그분에게 어떻게 그리 아버지 노릇을 잘할 수 있었느냐고 물었더니, 애초에 아버지가 안 계셨기 때문에 오히려 잘할 수 있었다고 대답했다. 본받을 만한 모델이 없었으므로 암중모색, 밤길을 걷는 심정으로 조심해서 아버지 노릇을 스스로 생각해 보았고, 또 주변에서 아버지 노릇을 잘하는 분들 가운데 가장 좋은 방법을 본받아 하려고 노력했다는 것이다.

이야기를 들으며 나는 인생에서 정해진 모델이 꼭 필요한 것은 아니라는 생각이 들었다. 오히려 나쁜 모델은 그것이 계속 나쁜 쪽으로 학습되고 전승됨으로써 더욱 나빠진다는 것도 알게 되었다. 아버지 없는 사람이 아버지 노릇을 더욱 잘한다? 두고두고 생각해 볼 일이다.

<u>6월</u>의 서

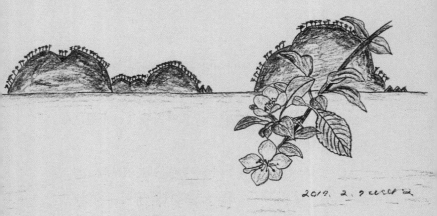

2019. 2. 9 ссес 교

동행

어머니는 언제 죽나?
내가 죽을 때 죽지.

나태주

　인간은 누구나 열 달 동안 어머니의 배 속에서 핏덩이로 있었다. 그때 나는 독립된 인간이 아니고 어머니의 일부분일 뿐이었다. 어머니의 살과 피와 뼈와 혼을 받아 우리가 한 사람 인간으로 태어난다.

　그런 뒤에도 우리는 1년 동안을 어머니의 몸에서 나오는 젖을 먹으며 자라고, 다시 1년을 어머니의 손에 이끌려 걸음마 연습을 하며 세상으로 나아간다. 옛날 어른들은 이러한 어머니의 은혜를 기념하여 3년 동안 상복을 입었다. 참 아름다운 인간의 예의다.

어머니가 돌아가셨을 때 자식은 자기 이름 위에 애자(哀子)라고 쓴다. 나는 어머니가 돌아가신 슬픈 아들이란 뜻이다. 아버지가 돌아가셨을 때는 고자(孤子)라고 쓴다. 아버지를 잃은 외로운 아들이란 뜻이다.

훗날, 어머니는 이 땅의 목숨을 다하고 돌아가셔도 결코 돌아가시지 않는 분이다. 왜인가? 어머니가 내 마음속에 살아 계시기 때문이고, 더 나아가 나 자신이 어머니이기 때문이다. 어머니는 나다. 나는 어머니다.

세상에서 가장 아름답고 위대하고 성스러운 이름, 어머니. 언제까지고 당신은 우리의 어머니이고 우리는 당신의 일개 자식입니다. 세상의 모든 어머니들이시여, 당신의 자식에게서 어머니를 빼앗지 마십시오.

꽃

내가 그의 이름을 불러주기 전에는
그는 다만
하나의 몸짓에 지나지 않았다.

내가 그의 이름을 불러 주었을 때
그는 나에게로 와서
꽃이 되었다.

내가 그의 이름을 불러준 것처럼
나의 이 빛깔과 향기에 알맞는
누가 나의 이름을 불러다오.
그에게로 가서 나도
그의 꽃이 되고 싶다.

우리들은 모두

무엇이 되고 싶다.

나는 너에게 너는 나에게

잊혀지지 않는 하나의 의미가 되고 싶다.

김춘수

한국인들이 가장 좋아하는 시를 말하라면 아마도 「진달래꽃」(김소월)과 「서시」(윤동주)와 더불어 이 작품을 꼽을 것이다. 우리는 그렇게 서로가 "잊혀지지 않는" 사람이 되고 싶고 "의미"가 되고 싶은 사람들이다. 그런 점에서 우리는 이미 서로가 '꽃'이다.

어울리되 같지는 않게

-화이부동

세상의 모든 것들은 같거나 비슷하거나 다른 것들로 되어 있다. 하나의 분별이다. 그러기에 네 편 내 편을 짜기도 하고 불화를 일삼고 이념이란 굴레를 덧씌우기도 한다. 전쟁이 그렇고 갈등이 그렇고 분열이 그렇고 파당(波黨)이 그렇다.

아, 피곤한 인간 세상이여! 여기에 크신 어른의 충고가 있다. '서로 어울리되 너무 같게는 하지 마라.' 같음 속에 다름이고 다름 속의 같음이다. 너무 많이 맞서거나 부담스럽게 여기지 말고 서로 어울려 잘 살아라, 그런 충고이다.

꽃밭의 수없이 많은 꽃들이 서로 다르면서도 잘 어울려 꽃밭을 이루듯이 말이다. 공자님의 책 『논어』에 쓰인 '화이부동(和而不同)', 그 말씀이다.

번아웃

요즘 젊은이들이 사용하는 말 가운데 번아웃(burnout)이란 말이 있다. 번아웃 증후군(burnout syndrome)도 있다. 번아웃이란 본래 과학 용어로 로켓을 발사했을 때 추진체에 있던 고체 연료가 모두 타서 소모된 것을 가리키는 용어다. 그런데 이것을 일상생활에 적용하여 삶의 에너지가 소진된 상태를 말하기도 한다.

젊은이들은 인생을 살 때 자칫 한 가지 일에 지나치게 몰두한 나머지 정신적으로나 육체적으로 극도의 피로를 느껴 무기력증, 자기혐오, 직무 거부 등에 빠지는 증상을 일으킬 수도 있다. 굳이 우리말로 표현한다면 '탈진' 정도가 될 것이다.

여기 1.5볼트짜리 건전지 두 개가 있다고 하자. 그걸 사용하는 방법은 직렬과 병렬 두 가지. 두 개의 건전지를 아래위로 연결하면 3볼트짜리 불이 켜진다. 옆으로 연결하면 1.5볼트짜리 불이 켜질 것이다. 때로는 3볼트의 불로 살아야겠지만 더 많게는 1.5볼트의 불로 살아야 한다.

한 가지 일에 지나치게 오래 올인하는 삶은 번아웃 상태를 가져올 수 있다. 필요에 따라 올인하는 시기가 있을 수도 있겠지만 더 많게는 평상적으로 살아야 한다. 그래야만 번아웃 상태에서 벗어날 수 있다.

행복

어제 거기,
내일 저기가 아니라
지금 여기

그리고
내 앞에 있는 너.

나태주

　언제나 행복은 멀리, 내일에 있을 것이라는 장소와 시간의
유예와 미련 속에 살았다. 그 너무나도 엄연한 착각과 오류.
행복, 그것은 이미 나한테 있는 그 무엇들이다. 그걸 아는 순
간 우리는 스스로 행복한 사람들이 되어 버리고 만다.

'사람은 행복하기로 마음먹은 만큼 행복하다.' 에이브러햄
링컨의 충고다.

행복의 이유

"하루에 두 번씩 빠짐없이 정해진 시간에 화장실에 가서 대변을 본 것이 내 행복에 도움이 되었다."

언제, 어디선가 읽은 영국의 철학자 버트런드 러셀의 글이다. 그렇게 생각하기로 한다면 행복이란 것은 너무도 가까운 곳에 있고, 이미 내 안에 있는 그 무엇이다.

생각해 보면 우리가 한 컵의 물을 마시고 숨을 쉬고 밥을 먹는 것도 행복이다. 더구나 내 발로 걸어서 씩씩하게 거리를 활보함도 하나의 크나큰 행복이라 하겠다.

젊음

젊다는 것은 건강하다는 것이고, 아름답다는 것이고, 재화를 많이 가졌다는 것이고, 또 시간을 많이 가졌다는 것이다. 그러므로 젊은 시절을 아끼고 조심해서 살아야 한다. 의외로 인생은 길고도 가늘고 지루하고 따분할 수도 있다.

틀리다와 다르다

우리의 언어 생활 습관 가운데 잘못 사용되고 있는 말이 의외로 많다. '틀리다'와 '다르다'도 그 가운데 하나. '틀리다'는 '잘못되었다'의 뜻으로, 시비(是非)로 볼 때는 '비(非)'에 해당되는 말로 '아니다'의 뜻을 지니고 있다. 그런 반면 '다르다'는 '같지 않다', '상이하다'의 뜻이다.

그런데 가끔 보면 서로 다른 것을 가리킬 때 '틀리다'로 표현하는 경우가 있다. '저 사람은 나와 틀리다.'가 아니고 '저 사람은 나와 다르다.'라고 말해야 한다. 그렇게 말하면 인간관계가 반듯해지고 세상 또한 가지런해질 것이다.

사람은 입으로 들어가는 것(음식)보다도 입에서 나오는 것(말)이 더 중요하다. 말을 예쁘고 아름답게 하면 그 사람의 세상도 예쁘고 아름답게 될 것이다. 말은 인간 정신의 질서요 생명 그 자체이다.

물과 같아라

−상선약수

  동양의 전설적인 철학자 노자의 사상을 모은 책 『도덕경』 앞부분(제8장)에는 물에 관한 유명한 글이 나온다. 이 글은 물에 대한 지극한 찬사로 우리 인간도 물과 같이 살아야 한다는 교훈을 담고 있다.

가장 좋은 선은 물과 같다. 물은 만물을 이롭게 하고도 그 공을 다투지 않고, 모든 사람이 싫어하는 곳에 있으므로 거의 도에 가깝다. 몸은 낮은 곳에 두며, 베풂은 인에 맞게 하고, 말은 신의가 있게 하며, 정사(政事, 정치)는 다스림에 맞게 하고, 일은 능률적으로 하며, 행동은 때에 맞게 한다. 그래서 오직 그 공을 다투지 않으므로 허물이 없다(上善若水 水善利萬物而不爭 處衆人之所惡 故幾於道 居善地 心善淵 與善仁 言善信 正善治 事善能 動善時 夫唯不爭 故無尤).

  이보다 좋은 칭찬이 있을 수 없다. 그야말로 물처럼 겸손하고 부지런하고 화합할 줄 아는 일은 어렵다. 우리에게는 조금이라도 물의 좋은 점을 배워 물처럼 살고자 하는 마음가짐이 필요하다.

물이야말로 생명의 근원이다. 지구가 생명의 별인 까닭은 지구에 물이 있기 때문이다. 물의 고마움을 알고 물을 아껴 쓰며 사랑하는 마음들이 있었으면 좋겠다.

즐겁고 슬퍼도
-낙이불음 애이불상

공자의 말씀 가운데 '즐거워하되 어지럽지 않고, 슬퍼하되 마음이 상하지 않게 한다.'는 뜻의 '낙이불음 애이불상(樂而不淫 哀而不傷)'이란 말이 있다. 이는 공자님이 『시경』에 있는 「관저(關雎)」란 작품을 평한 말씀에서 비롯된다.

'『시경』의 「관저」란 시는 기분을 기쁘게 하면서도 과하게 빠져들게 하지 않고 슬프면서도(애잔하면서도) 마음에 상처를 주지 않는다.'라고 말했다. 이 말에는 또 좋은 일이 있으면 기뻐하고 즐거워하되 도가 지나치지 않도록 자제하고, 슬픈 일을 당했더라도 너무 감정을 상하거나 몸을 해치지 않도록 조심해야 한다는 뜻이 담겨 있다.

나는 젊은 시절 좋은 일이 생기면 그다음에 나쁜 일이 있을지도 몰라서 조심했고, 나쁜 일이 있은 다음에는 분명 좋은 일이 있을 것이라고 믿어 소망하는 마음을 놓지 않았다. 이런 사소한 마음도 삶의 힘이 되었고 좋은 버팀목이 되어 주었다.

나를 알아주는 사람
―지음

　'지음(知音)', 글자 뜻대로 하면 '소리를 안다'이다. 하지만
이 말에도 옛날이야기가 숨어 있다. 중국의 고서『열자(列子)』
「탕문편(湯問篇)」에 나오는 아주 아름다운 이야기이다.

　예전에 백아(伯牙)와 종자기(鍾子期)란 사람이 살았는데, 백
아는 거문고를 잘 연주하고 종자기는 그 거문고 소리를 잘 알
아들었다고 한다.

　백아가 거문고를 들고 높은 산에 오르고 싶은 마음으로 이
것을 타면, 종자기는 옆에서 "참으로 근사하다. 하늘을 찌를
듯한 산이 눈앞에 나타나 있구나."라고 말하였고, 백아가 흐
르는 강물을 생각하며 거문고를 타면, 종자기는 "기가 막히
다. 유유히 흐르는 강물이 눈앞을 지나가는 것 같구나." 하고
감탄하였다 한다.

　그 뒤 종자기가 먼저 죽자 백아는 거문고를 부수고 줄을 끊
은 다음 다시는 거문고를 타지 않았다고 한다. 이 세상에 다

시는 자기 거문고 소리를 들려줄 사람이 없다고 생각하였던 것이다. 여기서 '지음'이란 말이 생겼는데 이는 내 마음속을 알아주는 사람, 나를 알아주는 사람, 지기지우(知己之友)와 같은 뜻이다.

가끔은 생각해 볼 일

우리가 자칫 잊고 사는 것들 가운데 하나는, 인간은 과거나 현재보다는 미래를 위해서 산다는 것이다. 언제나 인생은 준비하고 대비하는 인생이다. 또 그래야만 한다.

어린 세대가 학교에 가서 공부하고 노력하는 것은 오로지 어른이 되어 잘 살기 위해서다. 마찬가지로 젊은 세대가 노력하면서 오늘을 견디는 것은 늙어서 잘 살기 위해서다.

그렇다면 결론이 나온다. 인간은 언제나 미래를 준비하면서 사는 존재라는 것! 늙은 세대도 나중에 잘 죽기 위해 그것을 준비하면서 살아야 한다. 존엄하게 인간답게 죽는 것이 늙은 세대의 삶의 목표가 되어야 한다.

어린 사람은 좋은 어른이 되기 위해서 살고, 젊은 세대는 잘 늙기 위해서 살고, 늙은 세대는 잘 죽기 위해 산다는 것! 가끔은 생각해 볼 일이다.

7월의 서

2017. 7. 8
나의바람

장편掌篇·2

조선총독부가 있을 때
청계천변 십 전(錢) 균일상(均一床) 밥집 문턱엔
거지소녀가 거지장님 어버이를
이끌고 와 서 있었다
주인영감이 소리를 질렀으나
태연하였다

어린 소녀는 어버이의 생일이라고
십 전(錢)짜리 두 개를 보였다

김종삼

그림이라면 박수근 화백의 마티에르 기법이겠고, 이야기
라면 수채화풍의 짧은 동화 한 편이겠다. 비록 거지 소녀지만

부모님을 생각하는 마음은 다른 집 아이들과 다르지 않다. 밥
집 주인 영감은 호통을 쳐서 내쫓으려고 했지만 십 전짜리 동
전 두 개를 보고는 찔끔했겠다.

언제쯤 인간이 돈 앞에 굴복하지 않는 세상이 될까. 오늘 문
득 우리는 거지 소녀가 보고 싶어진다.

구름 밑으로 숨어라

170여 년 전, 미국 동부 콩코드 지방의 월든이라는 호수에 오두막집을 짓고 2년 2개월 동안 혼자서 실험적으로 살았던 헨리 데이비드 소로란 사상가의 책 『월든(Walden)』에서 가장 좋은 구절은 이런 것들이다.

* 우리가 육체에게 먹을 것을 줄 때 상상력에게도 먹을 것을 주어 야 한다.

* 샐비어꽃 같은 화초를 가꾸듯 가난을 가꾸어라. 옷이든 친구든 새로운 것을 얻으려고 너무 애쓰지 마라. 헌옷은 뒤집어서 다시 짓고 옛 친구들에게로 돌아가라. 사물은 변하지 않는다. 변하는 것은 우리들이다.

* 부자의 저택에 지는 해는 양로원의 창에도 밝게 비친다. 봄이 오면 양로원 문 앞의 눈도 역시 녹는다.

* 천둥 번개가 칠 때 다른 사람들이 수레와 헛간으로 피하면 너는

구름 밑으로 숨어라. 밥벌이를 너의 직업으로 삼지 말고 도락으로 삼으라. 대지를 즐기되 소유하려 들지 마라.

대체 불가능한 사람

세상에는 필요한 사람이 있고 필요치 않은 사람이 있다. 꼭 필요한 사람도 있고 정말로 필요치 않은 사람도 있다. 어떠한 사람이 되어야 할 것인가? 필요한 사람이 되고, 꼭 필요한 사람이 되어야 할 것임은 자명한 일이다. 정말로 좋은 사람은 세상에 하나밖에 없는 사람이다.

우리들 어머니, 아버지도 하나밖에 없는 사람이다. 사랑하는 사람도 정말로 사랑하는 사람은 하나밖에 없는 사람이다. 나는 아이들에게 대체 불가능한 사람이 되라고 타이른다.

사랑도 필요다. 필요하기 때문에 사랑하는 것이다. 사랑받는 사람이 되려면 필요한 사람이 되어야 한다. 대체 불가능한 사람이 되어야 한다. 유일무이한 사람이 되어야 한다.

세상한테 사랑받는 사람이 되고 싶은가? 그렇다면 당신이 먼저 세상을 사랑해라. 언젠가는 세상도 당신을 사랑해 줄 것이다.

하늘의 그물
―천망회회 소이불루

'천망회회 소이불루(天網恢恢 疎而不漏)', '하늘의 그물은 성글
고 성글어서 빠져나갈 것은 모두 빠져나가지만 걸려야 할 것
은 걸리고 만다.' 이것은 내가 고등학교 다닐 때 김달진 시인
이 번역한 『법구경』이라는 책에서 읽은 글이다. 뜻이 종교적
이고 오묘하고 먼 것 같지만 우리 삶에서도 자주 볼 수 있는
내용이다.

사람은 높은 자리, 책임 있는 자리에 갈수록 눈을 크게 뜨고
생각을 넓게 해야 하며, 작은 일에는 짐짓 눈을 감고 대범해
야 한다. 그렇지 않으면 그가 가진 그물이 망가질 수 있다. 나
는 높은 위치에 있는 사람이 너무 작은 일까지 다 챙기고 이
권에 개입하다가 패가망신하는 것을 여러 차례 보았다. 그럴
때마다 이 문구가 떠올랐다. 말하자면 삶에 도움을 준 문구라
할 것이다.

내가 초등학교 교장으로 근무하고 여러 차례 사회단체의 장으로 일하면서 그때마다 마음속에 새긴 것이 바로 이 문구이다.

    노자의 『도덕경』 73장에 나오는 문구로 원문은 다음과 같다. '하늘의 도는 다투지 않고도 잘 이기고, 말이 없으면서도 잘 응답하며, 부르지 않아도 절로 오고, 태연히 있어도 잘 도모한다. 하늘의 그물은 넓디넓게 펼쳐져 성긴 듯 보이지만 그 무엇도 놓치는 일이 없다(天之道 不爭而善勝 不言而善應 不召而自來 繟然而善謀 天網恢恢 疏而不漏).'

존재감

넓은 응접실 파리도 한 마린데 사람도 하나

이것은 일본의 고바야시 잇사란 시인의 하이쿠. 넓은 응접실에 시인 혼자 앉아서 주인이 나오기를 기다리는 무료한 시간. 시인은 응접실에 있는 파리 한 마리에 주목하면서 파리와 자신이 살아 있는 존재이고 초라한 존재라는 것에 대해 동질성을 느끼고 이러한 시를 남겼다.

주인이 아마 잘사는 사람, 지체 높은 사람이긴 하지만 무례한 사람이었던 모양이다. 찾아온 손님을 이렇게 오랫동안 응접실에 혼자 놔두고 기다리도록 만들었으니 말이다. 그렇지만 시인은 이렇게 아름다운 시를 남김으로써 자신의 초라한 존재감을 거꾸로 나타내고 있다. 장한 일이다.

과분한 사람

시인이며 수필가인 피천득 선생은 아름다운 글로도 유명하지만 부인과 오랫동안 해로하면서 장수한 분으로도 유명하다. 서울대학교 영문학과 교수를 퇴임한 뒤로는 얼마나 조용히 사셨던지 세상의 많은 사람들이 피천득 선생은 이미 돌아가신 분이라고 생각할 정도였다. 그렇지만 선생은 97세까지 장수한 분이다.

한번은 제자들이 선생을 찾아가 여쭌 일이 있었다고 한다.

"선생님, 어떻게 하면 그렇게 사모님과 오랜 세월 잘 사실 수 있습니까?"

그러자 선생은 이렇게 대답했다고 한다.

"집사람은 나한테 과분한 사람입니다. 자식들도 과분한 자식들이고요. 그래서 무탈하게 오래 산 것 같습니다."

그러하다. 상대방이 나한테 과분한 사람이라고 생각하면 불평불만이 없어진다. 감사한 마음이 든다. 오랫동안 편안히 사랑하면서 살 수 있을 것이다. 그러나 반대로 나한테 '부족한 사람'이라고 여겨지면 불평불만은 물론 화도 날 것이고 싫어지기도 할 것이다.

이건 참 인생살이에서 놀라운 지혜이며 축복의 말씀이다. 나한테 과분한 직장, 나한테 과분한 상사, 나한테 과분한 동료나 부하 직원. 그렇게 생각하기만 하면 직장도 참 좋은 곳으로 바뀌게 될 것이다. 선생의 시는 또 그러한 선생의 심성을 잘 나타내 주고 있다.

마당에 꽃이
많이 피었구나

방에는
책들만 있구나

가을에 와서

꽃씨나 가져가야지

피천득, 「꽃씨와 도둑」

해인사

큰 절이나
작은 절이나
믿음은 하나

큰 집에 사나
작은 집에 사나
사람은 하나.

조병화

조병화 시인은 평이한 문장에 인생의 깊이를 담아내는 시를 많이 써서 독자들로부터 많은 호응을 얻은 분이다. 이분의 작품 가운데 유럽 여행을 하고 귀국길 비행기 안에서 썼다는 다음과 같은 시는 서울지하철 3호선 을지로3가역 환승 통로

벽면에 새겨져 있는 글이기도 하다.

　오래 새겨 볼 문장이다.

결국,

나의 천적은 나였던 거다.

조병화, 「천적」

천지는 어질지 않다
−천지불인

'천지는 어질지 않아서 만물을 풀이나 개처럼 여기고, 성인 또한 어질지 않아서 백성을 풀이나 개처럼 여긴다.' 이것은 노자의 『도덕경』 5장에 나오는 내용이다. 읽어 보니 참 뜨악한 문장이다. 이럴 수가 있을까 싶다.

그러나 잠시 생각해 보면 이 말이 맞는 말이기도 하다. 가령 누군가 사람이 죽었다고 하자. 장례를 치를 때까지는 사람들이 몰려와 울기도 하고 슬퍼하기도 한다. 하지만 일단 장례를 치르고 며칠만 지나면 사람들은 죽은 사람을 까마득히 잊게 마련이다.

하기는 또 그래야만 한다. 죽은 사람을 두고 아무 일도 하지 않고 슬퍼만 할 수는 없는 일이다. 이런 때 하는 말이 있다. "그래도 산 사람은 살아야 한다." 당연한 말이지만 죽은 사람 편에서는 섭섭한 말이기도 하다. 누군가 죽어 산으로 갔다. 이제 며칠만 지나면 그가 죽었다는 사실조차 까마득히 잊어버릴 것이다.

　정다운 사람이 죽어 우리들 곁을 떠난 일도 슬프지만, 보다
더 슬픈 일은 우리가 며칠 안 있어 그를 잊어버릴 것이라는
사실이다. 이런 때 나는 말을 하고 싶어 한다. 잊어버리더라
도 오늘 잊지 말고 내일 잊고, 할 수만 있다면 모레 잊자. 아,
하늘과 땅은 진정 사람들에게 인자하지 않구나.

　글의 원문은 이러하다. '천지불인 이만물위추구, 성인불인
이백성위추구(天地不仁 以萬物爲芻狗 聖人不仁 以百姓爲芻狗).'

여행

여행은 일상의 지루함과 따분함, 평범함, 익숙함에서 벗어나 낯선 곳, 그리운 곳, 새로운 곳으로의 탈출을 의미한다. 그것은 즐거운 일탈이다. 그러기에 사람들은 시간과 돈과 건강을 여행에 투자하는 것이다. 여행을 떠나기 전 일상생활은 구심력이고, 여행지는 원심력으로 작용한다.

일단 여행을 떠나면 날마다 순간마다 만나고 헤어지는 여행 자체가 일상이 되고 그곳이 구심력이 되어, 떠나온 본래의 일상이 원심력이 된다. 그리하여 점차 떠나온 일상이 그리워지기 시작한다.

어떤 의미에서 여행은 자기의 따분한 일상생활을 다시금 발견하고 그 소중성을 되찾기 위한 인간의 노력인지 모른다.

먼 데서 오게 하라

－근자열 원자래

　청년 교사 시절 함께 근무하던 교장 선생님은 나더러 "시를 보다 잘 써서 먼 데 사람이 찾아오게 하라."고 말씀하신 일이 있다. 그 당시 나는 그 말의 진의를 알아듣지 못하고 마음속으로 무시하고 넘어갔다. 그런데 지나고 보니 그게 아니었다. 내가 다른 사람을 찾아다니는 것도 필요하지만 끝내는 먼 데 있는 사람들이 나를 찾아오는 것이 좋은 일임을 알게 되었다.

　"가까운 사람은 기쁘게 하고 먼 데 사람은 찾아오게 하라."

　중국 춘추시대 초나라의 섭공(葉公)이 공자님에게 어떻게 하면 정치를 잘할 수 있느냐고 물었을 때 한 말씀이다.

　우리도 평소 가까이 지내는 이웃을 잘 살펴 그들의 마음을 거스르지 않게 살아야 하고, 이러한 소문이 멀리까지 퍼져 먼 데 사람들도 나를 좋아하고 인정하게 해야 하지 않을까 싶다.

　원문은 '근자열 원자래(近者悅 遠者來)'인데 '근열원래(近悅遠來)'로 줄여서 쓰기도 한다.『논어』「자로편(子路篇)」.

인생은 방향이다

　인생은 속도보다는 방향이다. 누구든지 방향만 제대로 정하고 천천히 끝없이 가다 보면, 자기가 바라고 꿈꾸는 또 하나의 자기가 가는 길의 맞은편에서 웃으며 자기를 맞아 주는 날이 기어코 올 것이다.

　만약 방향이 잘못되었는데 속도만 빨랐다면 어떻게 될까? 망하는 날이 그만큼 빨라질 것이다. 우리들 인생의 방향이 제대로 되었는지, 나의 속도는 지나치게 빠른 것이 아닌지, 돌아볼 일이다.

　미국의 소설가 너대니얼 호손의 소설 「큰 바위 얼굴」도 이러한 이야기 가운데 하나이다.

산이 좋아 물이 좋아
-요산요수

'지혜로운 사람은 물을 좋아하고 어진 사람은 산을 좋아한다.'란 말을 줄이면 '요산요수(樂山樂水)'가 된다. 이것은 자연과 어울려 인간의 성품을 평한 말이고, 또 물처럼 산처럼 사는 것이 좋다는 성현의 권고이다.

인간은 여러모로 자연한테서 배울 필요가 있다. 분명 인간도 자연의 일부이긴 하지만 산보다는 너무 가볍고 물보다는 너무 뜨겁다. 때로는 산처럼 의젓하고 무게를 지녀야 하며, 물처럼 자연스럽고 부드러워야 할 일이다.

원문은 이러하다. '지자요산 인자요산 지자동 인자정 지자락 인자수(智者樂水 仁者樂山 智者動 仁者靜 智者樂 仁者壽)', '지혜로운 사람은 물을 좋아하고, 어진 사람은 산을 좋아한다. 지혜로운 사람은 움직이고, 어진 사람은 고요하다. 지혜로운 사람은 즐기며 살고, 어진 사람은 오래 산다.' 『논어』 「옹야편(雍也篇)」.

때로는 이런 사람이 그립다
-지주중류

　언젠가 금산에 간 김에 야은(冶隱) 길재 선생의 사당에 들른
일이 있다. 단아한 사당의 기둥에 두 개의 글귀가 쓰여 있었
다. '백세청풍(百世淸風)'과 '지주중류(砥柱中流)'란 글귀다. 백세
청풍은 알겠는데 지주중류란 무엇일까?

　나중에야 그것이 중국 황하의 한가운데에 있는 돌기둥 같
은 섬의 이름이라는 것을 알았다. 나도 한 차례 가서 보았지
만 황하란 강은 너무나 크고도 넓고 수량이 많은 강이었다.
강물의 빛깔이 온통 황토 빛깔이었다. 아, 그래서 황하인가
보다. 중국인들은 이 강을 자기네의 어머니 강이라고 여기며
살고 있었다.

　이렇게 수량이 엄청난 황하에도 비가 내리면 수량이 더욱
불어나 강물 가운데 있는 것들이 물속에 잠긴다고 한다. 그렇
게 잠겨서 모습이 사라지는 것 가운데 하나가 커다란 돌기둥
같은 섬이었다. 그러나 강물이 줄어들면 어김없이 그 돌기둥

같은 섬은 밖으로 모습을 드러낸다고 한다.

여기서 바로 '지주중류'라는 말이 생겨났다. 강물 가운데 커다란 돌기둥 같은 섬. 어지러운 세상, 힘겨운 세상에도 그 뜻을 굽히지 않고 꼿꼿하게 지조를 지키는 충신이나 선비를 가리키는 말이 되었다. 아, 그래서 야은 선생의 사당에 이 문구가 새겨진 거구나. 뒤늦게 알게도 되었다.

약속은 지켜져야만 약속이다

— 미생지신

중국 이야기 가운데 약속에 대한 유명한 이야기가 있다. 춘추시대 노나라에 살던 미생(尾生)이란 남자의 이야기이다.

그에게는 사랑하는 여인이 있었다. 어느 날 그 여인과 개울의 다리 밑에서 만나기로 약속하고 기다렸으나 여자가 오지 않았다 한다. 그런데 소나기가 내려 물이 밀려와도 그는 끝내 자리를 떠나지 않았다. 기다리다가 마침내 남자는 교각을 끌어안고 죽었다. 이 남자의 이름은 미생이고 이를 후세 사람들은 미생의 믿음, 즉 '미생지신(尾生之信)'이라 불렀다(信如尾生 與女子期於梁下 女子不來 水至不去 抱柱而死).

이것은 『사기』, 『장자』, 『전국책』, 『회남자』 등 여러 고전에 나오는 이야기인데, 대체로 끝까지 약속을 지키다가 목숨까지 잃은 미생을 미욱하고도 융통성 없는 인간이라 평가하는 의견이 많다.

여기서 나의 생각은 그렇지 않다. 왜 시간 맞춰 약속한 장소로 오지 않은 여자를 나쁘다 말하고 그녀를 나무라야지, 약속을 끝까지 지킨 사람만 나쁘다 미련하다 핀잔하는가! 세상인심이 이렇기 때문에 약속을 지키지 않는 사람이 많고 상황 논리가 판을 치는 것이다.

약속은 어떤 약속이라도 지켜져야만 약속이다. 어떤 상황에서도 약속은 지켜져야만 약속이다. 죽은 사람과의 약속도 지켜져야만 한다고 나는 생각한다. 그렇지 않다면 우리가 이담에 죽어서 그를 만날 때 무슨 면목으로 대면한단 말인가!

8월의 서

2017. 8
난새그

사막

사막에서 그는
너무도 외로워서
때때로 뒷걸음질로 걸었다

모래에 찍힌
자기의 발자국을 보기 위해서.

오르텅스 블루

　내가 아는 사람 가운데 공주대학교 교수로 있는 이효범이
란 시인이 있다. 그는 수년 전 대학에서 안식년을 얻어 수개
월 동안 유럽의 여러 나라를 배낭여행으로 떠돌아다닌 일이
있다. 혼자서 하는 여행이었다.
　처음 얼마간은 혼자서 다니는 여행이 즐겁고 좋았다 한다.

그런데 여행이 깊어지자 몸이 점점 지치고 고달프기도 하지만 혼자라는 외로움을 견디기 힘들었다. 특히 언어 결핍이 힘들었다고 한다. 물론 한국어 결핍이다. 그러던 어느 날, 유스호스텔에서 혼자 앉아 있는데 자기도 모르게 한국말로 이렇게 중얼거려지더라는 것이다.

"이효범! 너 지금 뭐 하고 있는 거니?"

그렇게 외로움은 무서운 것이고 모국어는 소중한 것이다.

호수

얼굴 하나야
손바닥 둘로
폭 가리지만,

보고 싶은 마음
호수만 하니
눈 감을 밖에.

정지용

귀엽고 사랑스러운 시다. 얼굴과 손바닥, 보고 싶은 마음과
호수, 이런 미묘한 관계 설정 속에 인간의 마음이 둥지를 틀
고 살고 있다. 보이는 것과 보이지 않는 것의 어울림. 큰 것과
작은 것의 대비. 몸피는 작지만 속내는 크고 깊은 시다.

선택 사항

오늘에 알고 있는 것을 어제 알았더라면 얼마나 좋았을까, 한탄하는 사람이 있다. 내일 알았을 것을 오늘에 알았으니 얼마나 좋은가, 다행으로 여기는 사람이 있다. 어떤 사람이 될 것인가? 그건 자기가 선택할 일이다.

뒷모습

뒷모습이 어여쁜
사람이 참으로
아름다운 사람이다

자기의 눈으로는 결코
확인이 되지 않는 뒷모습
오로지 타인에게로만 열린
또 하나의 표정

뒷모습은
고칠 수 없다
거짓말을 할 줄 모른다

물소리에게도 뒷모습이 있을까?

시드는 노루발풀꽃, 솔바람 소리,

찌르레기 울음소리에게도

뒷모습은 있을까?

저기 저

가문비나무 윤노리나무 사이

산길을 내려가는

야윈 슬픔의 어깨가

희고도 푸르다.

나태주

　정직한 것 같지만 거짓된 앞모습을 고발하고, 허무한 것 같
지만 진실된 뒷모습을 칭찬한다. 당신도 당신의 진실, 속마음
을 보여라. 뒷모습을 책임져라.

작은 짐승

란이와 나는
산에서 바다를 바라다보는 것이 좋았다
밤나무
소나무
참나무
느티나무
다문다문 선 사이사이로 바다는 하늘보다 푸르렀다

란이와 나는
작은 짐승처럼 앉아서 바다를 바라다보는 것이 좋았다
짐승같이 말없이 앉아서
바다같이 말없이 앉아서
바다를 바라다보는 것은 기쁜 일이었다

란이와 내가

푸른 바다를 향하고 구름이 자꾸만 놓아가는

붉은 산호와 흰 대리석 층층계를 거닐며

물오리처럼 떠다니는 청자기빛 섬을 어루만질 때

떨리는 심장같이 자지러지게 흩날리는 느티나무 잎새가

란이의 머리칼에 매달리는 것을 나는 보았다

란이와 나는

역시 느티나무 아래에 말없이 앉아서

바다를 바라다보는 순하디 순한 작은 짐승이었다

신석정

'란이'는 시인의 따님 이름. 딸에게 아버지는 또 다른 이성

이고 아버지한테 딸은 세상에서 가장 사랑스러운 여자. 딸을
둔 아버지는 행복하다. 딸을 둔 아버지는 다른 예쁜 여자를
보아도 마음이 흔들리지 않아서 좋다.

 딸은 아버지한테 마음의 닻. 바람이 불고 물결이 거세어도
넘어지지 않을 자신을 준다.

풀과 꽃

'베려고 하면 풀 아닌 꽃이 없고, 가꾸려고 하면 꽃 아닌 풀이 없다.' 이 문장을 바꾸어 말하면 이렇다.

미워하려고 들면 밉지 않은 사람이 없고, 사랑하려고 하면 사랑스럽지 않은 사람이 없다.

주자가 말했다는 원문은 다음과 같다. 나쁘다고 하여 베어 버리려고 들면 풀 아닌 게 없고 좋다고 하여 취하려 들면 꽃 아닌 게 없다(若將除去無非草 好取看來總是花).

나의 삶이 유언이다

2016년 8월, 특별한 여행을 떠난 일이 있다. 윤동주 시인의 묘소를 찾아서 떠나는 여행이었다. 만주 여행을 두 번이나 했지만 윤동주 시인의 묘소를 찾지 못했기에 공주의 한 신문사에 광고를 냈더니 24명이나 모여 함께 떠난 여행이었다.

어렵게 찾아 윤동주 시인의 묘소에 참배하고 생가가 있는 명동촌에도 들렀다. 나름대로 성의를 다하여 윤동주 시인의 생가가 복원되고 보존되어 있어 고마운 마음이었다. 그곳에서 명동교회에도 들렀다. 명동교회는 윤동주 시인의 외숙인 김약연 선생이 세운 교회.

나는 거기서 깜짝 놀랄 만한 문구 하나를 만났다. 조금은 허름한 교회 내부 벽에 김약연 선생의 어록 중 하나가 쓰여 있었던 것이다. "나의 삶이 유언이다." 무엇인가로 머리를 한 대 얻어맞은 것 같은 감동이 왔다. 나의 삶, 그것이 유언이라니?

사람이 어떻게 살면 이런 유언을 남길 수 있을까? 그것은 무서운 일이고 두려운 일이다. 누군가 노인의 임종을 맞아 유언 한마디를 청했겠지. 그러자 돌아가는 분의 입에서 이런 말이 나왔을 것이다.

유언의 주인공인 김약연 선생. 함경북도 회령 출생으로, 1899년 만주의 간도 명동으로 이사 가 땅을 사들여 한국인 집단 부락을 형성하고 명동학교와 명동교회를 세워 한국인을 교육하고 나라 잃은 동포들의 구심점이 된 분이다. 당시 사람들은 '북간도 대통령'이라고까지 불렀다고 한다.

나운규, 송몽규, 윤동주 같은 인물이 모두 명동학교 출신이다. 이러한 어른의 가르침과 선도가 있었기에 윤동주 시인같이 아름다운 시인이 나왔겠지 싶다.

그리움

파도야 어쩌란 말이냐
파도야 어쩌란 말이냐
임은 뭍같이 까딱 않는데
파도야 어쩌란 말이냐
날 어쩌란 말이냐

유치환

　가슴속 숨어 있는 말 가운데 사무치는 몇 마디 말을 쏟아냈
다. 그래서 더 힘이 있고 호소력이 있다. 파도와 뭍. 나와 임.
서로 다르지만 다르지 않은 존재이고 애달픈 관계 설정이다.
이름하여 그리움. 사람은 또 여기에 없는 것, 그 그리움에 목
을 매는 날이 있고 그것이 밥이 되어 주는 날이 있기도 하다.

정말로 귀한 것

정말로 귀한 것은 도저히 주고받을 수 없는 그 무엇이다. 고려청자 만드는 비법이라든지, 불가의 법통 같은 것이 거기에 해당된다. 그것은 가르치고 배울 수도 없는 오묘한 면이 있다. 차라리 훔쳐 가야 하고 빼앗아 가야 한다. 그러기에 고려청자 비법의 맥이 끊겼는지도 모른다.

소설 내용이긴 하지만 『동의보감』에서 보면, 허준이라는 주인공이 젊어서 유의태라는 스승 집에서 일하면서 의술을 배울 때, 스승 방에 있는 의서를 몰래 훔쳐다가 탐독하는 대목이 나온다. 그런 사실을 알면서도 스승은 제자를 불러 나무라지도 않고 책을 공개적으로 빌려주지도 않았다. 그냥 제자가 훔쳐 읽도록 놔둔다. 그렇게 하여 유의태의 의술과 유의태가 가지고 있던 의서의 모든 것은 허준에게로 전수된다.

인간 세계의 다른 것들 가운데서도 귀한 것, 진수는 가르치

거나 그냥 주어서 전달되는 것이 아니다. 훔쳐 갈 정도로 열
정적이어야만 한다. 이것을 성경에서는 "천국은 침노하는 자
의 것"이라고까지 격하게 쓰고 있다. 침노는 함부로 남의 나
라에 쳐들어가 약탈해 오는 것을 말한다.

나태주

내 이름은 나태주
평생 동안 자동차 없어
버스 타고 택시 타고
KTX 타고 전국으로
문학 강연 다니며
사람들에게 농을 하기도 한다
이름이 나태주라서 자동차 없이도
잘 살아간다고
나태주, '나 좀 태워 주세요'
그래서 사람들이 잘 태워준다고.

나태주

하나의 능청이고 자기변명이다. 이렇게 말이라도 하면서
궁색한 인생길, 궁색하지 않게 건너고 싶어 한다.

스스로 생긴 길

-도리불언 하자성혜

　'복숭아나무와 자두나무는 말을 하지 않아도 그 향기와 아름다운 빛깔로 하여 그 아래에 길이 저절로 생긴다(도리불언 하자성혜(桃李不言 下自成蹊)).' 이것은 사마천이 한나라 때의 명장 이광(李廣) 장군의 인품을 칭찬하여 한 말이다. 누구나 인품이 훌륭하고 마음이 너그러우면 그 사람한테로 사람들이 따르도록 되어 있다.

　요즘은 PR 시대라 하여 자기가 나서서 직접 자기 일을 알리기를 좋아하는데 이런 세태와는 꽤 거리가 먼 이야기다. 일부러 소문내지 않아도 세상 사람들이 먼저 알고 따르고 칭찬하고 좋게 보아 준다면 얼마나 좋을까? 진정한 명예가 바로 이런 것이 아닐까 싶다.

청복

복이란 말은 행복을 줄인 말이다. 인생의 축복이 바로 행복이고 복이다. 오늘날 우리는 복이라고 하면 눈에 보이고 물질적이며 분명한 축복만을 복이라고 생각한다. 그러나 조선 시대 실학자인 다산(茶山) 정약용 선생은 이 복에도 두 가지가 있다고 말했다. 바로 청복(淸福)과 열복(熱福)이다.

열복은 우리가 말하는 복이다. 물질적이며 현실적인 복을 뜻한다. 출세하고 명예를 얻고 자식을 낳고 재물을 얻는 것을 말한다.

그러나 복에는 이러한 분명한 복, 화끈한 복도 있지만 맑고도 고요한 복도 있다는 것이다. 비록 사소하지만 일상생활의 평안함과 고요함이 또한 복이란 것이다.

다산 선생은 '비록 깊은 산속, 아무도 알아주는 이 없는 곳에 살고 있지만 푸른 계곡물을 바라보며 발을 담그고, 예쁜 꽃과 나무들을 벗하며, 내 인생의 사소하지만 의미를 찾는 것이야말로 진정 청복이다.'라고 쓰고 있다.

　우리도 자신의 삶을 돌아보며 사소하지만 진정으로 좋은 것이 있나 살펴서 그것을 우리의 복으로 삼아야 할 것이다. 그렇다면 우리는 모두 행복한 사람들이 될 것이다.

저녁 때
돌아갈 집이 있다는 것

힘들 때
마음속으로 생각할 사람이 있다는 것

외로울 때
혼자서 부를 노래 있다는 것.

나태주, 「행복」

내가 쓴 「행복」이란 짧은 시이다. 집은 물질, 사람은 인간, 노래는 문화, 이 세 가지만 있으면 인간은 행복하게 살 수 있다. 다만 우리가 그것을 인지하지 못하기 때문에 불행하다고 생각할 따름이다.

내가 원하는 우리나라

김구 선생이 독립운동을 하면서 기록한 책이 『백범일지』다. 그 책의 끝부분에 쓰인 글 「나의 소원」에는 선생이 꿈꾸는 우리나라의 모습이 어떠해야 하는가에 대해 나온다. 매우 아름다운 문장이다. 두고두고 가슴에 새길 만한 내용이다. 여기에 일부를 옮겨 본다.

나는 우리나라가 세계에서 가장 아름다운 나라가 되기를 원한다. 가장 부강한 나라가 되기를 원하는 것은 아니다. 내가 남의 침략에 가슴이 아팠으니 내 나라가 남을 침략하는 것을 원치 아니한다. 우리의 부력(富力)은 우리의 생활을 풍족히 할 만하고, 우리의 강력(强力)은 남의 침략을 막을 만하면 족하다. 오직 한없이 갖고 싶은 것은 높은 문화의 힘이다. 문화의 힘은 우리 자신을 행복하게 하고 나아가서 남에게 행복을 주겠기 때문이다.
지금, 인류에게 부족한 것은 무력도 아니요, 경제력도 아니다. 자연 과학의 힘은 아무리 많아도 좋으나 인류 전체로 보면 현재의 자연 과학만 가지고도 편안히 살아가기에 넉넉하다. 인류가 현재에 불행한 근본 이유는 인의가 부족하고 자비가 부족하고 사랑이 부족한 때문이다. 이 마음만 발달이 되면 현재의 물질력으로 20억이 다 편안히 살아갈 수 있을 것이다. 인류의 이 정신을 배양하는 것은 오직 문화이다.

나는 우리나라가 남의 것을 모방하는 나라가 되지 말고 이러한 높고 새로운 문화의 근원이 되고 목표가 되고 모범이 되기를 원한다. 그래서 진정한 세계의 평화가 우리나라에서, 우리나라로 말미암아서 세계에 실현되기를 원한다. 홍익인간(弘益人間)이라는 우리 국조(國祖) 단군(檀君)의 이상이 이것이라고 믿는다.

삶의 약

일한 끝은 있어도 논 끝은 없고, 착한 끝은 있어도 악한 끝은 없다.

　이것은 어려서 어른들로부터 귀가 닳도록 들은 잔소리이다. 그런 잔소리들이 그래도 오늘날 우리가 이만큼이라도 살아가는 사람으로 만들어 주었다.

　젊은 세대는 어른 세대의 잔소리를 너무 귀찮게 듣고 싫어해서는 안 된다고 생각한다. 그것이 때로는 인생의 좋은 약이 된다는 것을 알았으면 좋겠다.

9월의 서

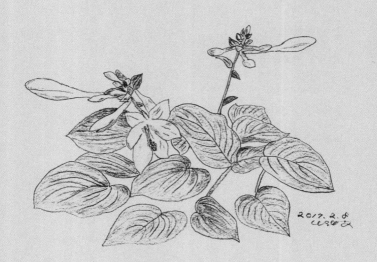

2017. 2. 8
따뜻향기

별을 보며

내 너무 별을 쳐다보아
별들은 더럽혀지지 않았을까.

내 너무 하늘을 쳐다보아
하늘은 더럽혀지지 않았을까.

별아, 어찌하랴.
이 세상 무엇을 쳐다보리.

흔들리며 흔들리며 걸어가던 거리
엉망으로 술에 취해 쓰러지던 골목에서

바라보면 너 눈물 같은 빛남
가슴 어지러움 황홀히 헹구어 비치는

이 찬란함마저 가질 수 없다면

나는 무엇으로 가난하랴.

이성선

 이성선 시인은 강원도 산골 마을에서 태어나 강원도의 하늘과 별과 달과 바다만 보다가 세상을 떠난 분이다. 시인에게 가장 어울리는 이름이라면 '별의 시인'. 적어도 윤동주 시인과 더불어 별의 시인이라면 대번에 이성선 시인일 것이다.

 별처럼 깨끗하고 멀고 선량했던 시인의 눈빛이 날로 그리워지는 세월이다.

아버지의 마음

바쁜 사람들도

굳센 사람들도

바람과 같던 사람들도

집에 돌아오면 아버지가 된다.

어린것들을 위하여

난로에 불을 피우고

그네에 작은 못을 박는 아버지가 된다.

저녁 바람에 문을 닫고

낙엽을 줍는 아버지가 된다.

세상이 시끄러우면

줄에 앉은 참새의 마음으로

아버지는 어린것들의 앞날을 생각한다.
어린것들은 아버지의 나라다 아버지의 동포다.

아버지의 눈에는 눈물이 보이지 않으나
아버지가 마시는 술에는 항상
보이지 않는 눈물이 절반이다.

아버지는 가장 외로운 사람이다.
아버지는 비록 영웅이 될 수도 있지만……

폭탄을 만드는 사람도
감옥을 지키던 사람도
술가게의 문을 닫는 사람도

집에 오면 아버지가 된다.

아버지의 때는 항상 씻김을 받는다.

어린것들이 간직한 그 깨끗한 피로……

김현승

　　드문 시, 인기가 별로인 아버지를 소재로 쓴 시다. 참으로
품이 넓고 넉넉한 시다. 어디선가 소리 없는 아버지의 신음
소리가 들리는 듯싶기도 하다.

후배들을 두려워해야

-후생가외

　사람은 자꾸만 자라고 변한다. 오늘은 내가 힘이 세고 앞선 사람이지만 내일엔 나보다 어린 사람들이 힘이 세고 앞서는 사람이 될 것이다. 이것을 알면 젊은 사람들, 나보다 나이 어린 사람들에게 지금부터 잘해 줘야 한다. 함부로 해서는 안 된다.

　이다음에 내가 더 나이 든 사람이 되었을 때, 나를 대접하고 나를 따르고 나를 위해 줄 사람 또한 젊은 사람들이란 것을 알아야 한다. 또한 내가 미처 이루지 못한 소망과 과업을 대신해서 이루어 줄 사람도 젊은 사람들인 것이다.

　나는 젊은 시절부터 선배보다는 후배들이 좋았다. 선배들을 따라다니면 보살핌을 받을 수 있었지만, 거꾸로 후배들과 어울리면 내 편에서 돌봐주어야 했다. 그래도 나는 늘 후배들과 어울려 글을 배우고 익혔다.

　그것은 지금도 마찬가지다. 문학 강연을 하러 전국을 많이 돌아다니는데 학교에서 학생들이 나를 보자고 그러면 어디든지 간다. 강연료 안 따지고 거리 안 따지고 간다. 젊은이들이, 어린 사람들이 나를 보자고 그러지 않는가!

나는 어린 사람들에게 나의 인생 이야기를 할 때가 가장 좋고 가장 행복하다. 될 수 있는 대로 진실을 말하려고 애쓰고 거짓 증언하지 않으려고 애를 쓴다.

옛날 공자님도 이런 말씀을 하셨다. '후배가 두려운 사람들이다.' 후배가 나보다 더 나아질 수 있는 가능성을 지닌 사람들이기 때문에 그렇다.

'후생가외(後生可畏)'는 『논어』「자한편(子罕篇)」에 실려 있는 말이다.

판단력

　사람이 반듯하려면 '신언서판(身言書判)'이 그럴듯해야 한다는 말을 어린 시절 어른들한테 여러 차례 들은 적이 있다. 실은 이것은 우리나라가 아니라 옛날 중국 당나라 시절에 국가의 관리를 뽑을 때 시험의 한 기준으로 삼던 항목들이다.

　그 사람의 몸과 말씨, 글씨와 판단력. 이 가운데 가장 중요한 것은 맨 나중 항목인 판단력이다. 아무리 앞의 세 가지 조건이 잘 갖추어져 있어도 판단력이 떨어지면 지도자가 될 수가 없다.

차선의 삶

사람들은 최선의 삶을 사랑한다. 최선의 삶을 지향한다. 무엇이든 베스트가 되어야 하고, 1등을 해야 하고, 물건도 명품이면 좋다고 생각한다. 자식을 기르고 가르치더라도 앞장서서 가는 사람으로 만들려고만 한다. 선행에 앞장서고 좋은 말하는 일에 앞장서는 것이 아니다. 오직 공부하여 남을 이기는일, 돈 버는 일과 잘난 척하는 일에 앞장서라고 등을 민다.

나도 젊은 시절 우리 아이들을 기를 때 아침마다 "오늘도잘하고 와."라는 말로 아이들 등을 밀었다. 오늘도 다른 아이들한테 맞지 말고 욕먹지 말고 지지 말고 집으로 돌아오라는뜻일 것이다. 과연 그래서 좋기만 했던가? 내 아들딸이 그래서 행복한 사람이 되었던가? 오늘도 잘 놀고 와. 오늘도 많이웃고 와. 친구들한테 잘해 주고 와. 그런 말로 등을 밀 수는 없었던가?

누구나 자신이 그렇게 길러지고 그렇게 어른이 되어 일생 동안 살아서 행복하고 즐거웠고 유익했던가? 정말로 생각해 볼 필요가 있다. 때로는 최선의 삶보다는 차선의 삶이 좋을 때가 있다. 차선보다는 차차선이 더 좋을 때가 있다. 그 남는 부분을 여유와 사랑과 낭만으로 채울 수 있으니 얼마나 좋은가?

적어도 나는 아이들 대학 보낼 때만은 그렇게 했다. 그래서 후회가 없었다. 법대 들어갈 아이를 국문과 보냈더니 그 아이 공부하면서 실컷 연애하고 데모하고 과외하고 멋 부리고 돈까지 벌면서 학교 다니는 것을 보았다. 대학 졸업 후 대기업에서 스카우트 요청이 왔을 때, "너 그 기업에 들어가 소모품이 되어 빠르게 살래? 아니면 네가 하고 싶은 일을 하면서 천천히 살래?" 그렇게 물었는데, 그 아이 후자를 선택하여 학문하는 사람으로 남게 되었다.

차선의 삶이 나쁜 것은 아니다. 차차선의 삶이 더 나쁜 것만은 아니다.

세 가지 불행

사람에게 세 가지 불행이 있다고 들었다. 첫째는 소년 출세, 둘째는 중년 망실, 셋째는 노년 빈곤. 현대판 버전이다. 둘째와 셋째는 알겠는데 첫째의 '소년 출세'가 왜 불행일까? 소년 시절에 높은 지위에 오르거나 명예를 얻으면 그것이 일생 동안 따라다녀 그 사람에게 행복감을 주지 않는다는 말이다. 젊은 사람일수록 새겨들을 말이다.

인간의 세 가지 불행에도 옛날 버전이 더 있다. 첫째는 소년 고등과(高登科), 둘째는 부모님 덕으로 음직(蔭職)에 오르는 것, 셋째는 글을 잘 쓰는데 말도 잘하는 것. 더 무서운 충고의 말씀이다. 첫째는 소년 출세와 같은 말이다. 고등과, 어린 나이에 1등으로 과거 급제함을 말한다. 어린 나이에 1등을 해서 임금님한테서도 술을 받았으므로 나중 술자리에서 저한테 술잔이 두 번째로 오면 속으로 많이 섭섭하리라.

둘째는 부모님의 공로와 권세로 자식이 부모님 추천을 받아 벼슬에 오르는 것을 말한다. 그렇게 오르는 벼슬이 바로 음직이다. 공로도 없고 능력도 없는 사람이 높은 자리, 오너의 자리에 오르면 실수를 하도록 되어 있다. 오늘날 재벌가의 2세들이 오너가 되어 실수를 하고 망신을 당하는 것을 보고 우리는 얼마나 여러 차례 씁쓸한 웃음을 지었던가!

세 번째는 더 무서운 말씀이다. 글을 잘 쓰는 것도 능력이요 말을 잘하는 것도 능력이다. 마이너가 아니고 메이저다. 그런데 그 메이저가 불행의 원인이 된다는 것이다. 말이 안 되는 말이지만 정말로는 말이 되는 말이다. 더욱 깊이 새겨들을 얘기다.

포기해서는 안 될 인생

요즘 들어 자주 무서운 말들을 듣는다. 3포 인생, 5포 인생, 7포 인생에 대한 것이다. 우선은 연애 포기, 결혼 포기, 출산 포기가 3포 인생이란다. 왜 그 좋은 연애를 포기하고, 아름다운 결혼을 포기하며, 성스러운 출산을 포기하는가?

이것이야말로 인생에 대한 모반이요 인생에 대한 결례다. 인생을 너무 헐겁고 만만하게 보아서 그렇다. 지나치게 욕심을 부려서 그렇고 상대 비교를 너무 많이 해서 그렇다.

고난 없고 시련 없는 인생이 어디 있단 말인가. 어디까지나 인생이야말로 시련과 함께 인생이다. 하나하나 힘겹게 이루어 가는 과정과 성취감의 층계 위에서야 비로소 인생이다.

건강과 시간과 돈이 넘치는 사람이 가는 길은 오로지 타락과 권태의 날들일 뿐이다. 그것이 그렇게도 소망스러운가! 30평 새 아파트에 가구나 전자제품을 새로 꽉 채워 놓고 몸만 들어간 신혼부부가 도대체 무슨 재미로 산단 말인가.

젊은이들이여, 부디 횡재 인생을 꿈꾸지 말라. 쓸데없이 안일한 삶을 바라지 말라. 비록 지금 사는 일이 힘겹고 다리에 힘이 빠져 숨이 가빠도 그대들이 가진 재산이 풍족하지 않은가. 건강한 몸과 젊은 마음 말이다.

더구나 그대들에게는 나이 든 사람이 따라갈 수 없는 시간의 비축이 있지 않은가. 시간은 인생에서 그 무엇보다도 큰 용기요 자산이요 보배와 같은 것이다. 자기 발밑부터 충실히 살피고 난 다음 무슨 일이든 시도해 볼 일이다. 그렇다면 이내 그대들의 세상이 열릴 것이다.

용기를 주는 문장

바람이 분다, 살아야겠다.

폴 발레리, 「해변의 묘지」 마지막 구절

예언의 나팔이 되어다오! 바람이여,

겨울이 오면, 봄이 어찌 멀 수 있으랴?

퍼시 셸리, 「서풍부」 마지막 구절

기죽지 말고 살아 봐

꽃 피워 봐

참 좋아.

나태주, 「풀꽃·3」 전문

앞의 두 문장은 젊은 시절 힘겹게 살던 나에게 많은 용기를 준 문장이다. 그래, 괜찮아. 그래도 견뎌 보자. 그래도 살아 보자. 그런 다짐을 주었을 것이다.

세 번째 글 「풀꽃·3」은 내가 나이 들어 쓴 글이다. 실은 손 자아이 어진이를 위해서 써 준 글이기도 하다. 어린 세대가 행복하게 잘 살기를 바라는 나이 든 사람의 축원과 바람이 담 겼을 것이다.

자기 자신을 위한 공부

−위기지학

공부에는 남에게 보이기 위한 공부가 있고 자기 자신을 위한 공부가 있다. 앞의 것이 위인지학(爲人之學)이고, 뒤의 것이 위기지학(爲己之學)이다.

학교에서 시험 보아 좋은 성적 내고 상을 타고, 졸업한 뒤 시험에 합격하고 취직하고, 그런 모든 공부가 위인지학이다. 그렇지만 나이 들어서 자기 자신의 마음을 위해, 기쁨을 위해, 만족을 위해 스스로 하는 공부는 위기지학이다.

아니, 젊은 나이에도 공부 자체가 좋아서 인격 수련을 위해 하는 공부가 있다면 그것이 위기지학이다. 지금까지 우리는 어떤 부류의 공부에 열중했던가? 생각해 볼 일이다.

만족

탐욕의 반대는 무욕이 아니라 잠시 내게 머물렀던 것들에 대한 만족이다.

달라이 라마

인생길에 우리는 이러한 말씀 한마디에서 얼마나 많은 출구를 얻는 것인가!

좋은 시

좋은 시란 어린이에게는 노래가 되고 청년에게는 철학이 되고 노
인에게는 인생이 되는 시다.

괴테

 이것이 어찌 시에 대한 생각만이랴. 생각하면서 살아가는
사람에게 이보다 좋은 생명과 예술의 암시는 없다.

꾸미는 얼굴과 말

-교언영색

'교언영색(巧言令色)', 『논어』의 「학이편(學而篇)」에 나오는 말씀이다. '말투를 묘하게 하고 얼굴 표정을 예쁘게 꾸민다.'라는 뜻이다.

공자님은 이와 함께 이런 말씀을 덧붙였다. '공교로운 말과 좋은 얼굴을 하는 사람치고 착한 사람이 드물다(巧言令色 鮮矣仁).'

오늘날 젊은 친구들이 이러한 말에도 귀를 기울인다면 얼마나 좋을까. '거짓됨은 앞서 오고 참됨은 뒤따라온다.'란 말도 참고했으면 좋겠다.

하늘의 축복

　일본인 이야기이긴 하지만 세계적인 전자 회사인 마쓰시타 전기의 창업주 마쓰시타 고노스케의 이야기는 우리에게 감동과 함께 용기를 준다.

　그는 아버지가 파산하는 바람에 초등학교 4학년을 중퇴하고 10세 이전에 자전거 수리공으로 시작하여 안 해 본 일이 없이 여러 직업을 전전하다가, 마침내 2만 명이 넘는 직원이 일하는 대그룹의 총수가 되어 아흔 살이 넘도록 장수한 인물이다. 세상을 떠나기 전 회사 직원들이 찾아와 어떻게 해서 그렇게 성공할 수 있었는지 물었을 때 그는 이렇게 대답했다고 전한다.

　"나는 하늘로부터 세 가지 축복을 받았다. 하나는 집이 가난한 축복이다. 집이 가난했으므로 돈이 소중하다는 것을 알아 어려서부터 부지런히 일하고 아껴서 돈이 많은 사람이 되었다. 두 번째는 몸이 약한 축복이다. 몸이 약하게 태어났으므로 항상 몸의 건강에 신경을 써서 아흔이 넘도록 냉수마찰을 할 수 있도록 건강한 사람으로 살았다. 또 하나는 많이 배우지 못한 축복이다. 많이 배우지 못했으므로 모든 사람을 스승으로 삼고 물었으며, 책을 열심히 읽어 지혜를 터득하려고 애썼다. 이것이 내가 받은 하늘의 세 가지 축복이다."

놀라운 반전이다. 마이너로 받은 자신의 처지를 메이저로 바꾸어 그것을 하늘이 내린 축복이라고 말하는 이 사람은 그 마음이나 삶 자체가 하늘이 내린 축복이 아니겠는가 싶다.

인생의 목표

미국의 전설적인 여배우 메릴린 먼로는 한 시절 전 세계 남성들의 마음을 설레게 한 배우였다. 그야말로 명예와 돈과 인기와 매력을 모두 가진 세계에서 가장 예쁜 여자, 세계에서 가장 많은 부러움을 받는 여자였다. 하지만 그녀는 결혼과 이혼을 반복하다가 끝내는 자살로 인생을 마감했다. 이 소식을 전해 들은 전 남편 조 디마지오는 이렇게 말했다고 한다.

"그녀는 세상을 살아가는 데 필요한 모든 것을 가진 여자였다. 그렇지만 그녀는 무엇을 위해 살 것인가 하는 목적을 가지지 못했다."

인간은 육신적 갈증을 해결하는 데 필요한 물질로만 충분히 잘 사는 존재가 아니다. 마음의 공허와 갈증을 다스리는 정신적인 요인이나 능력이 있을 때 비로소 잘 사는 인생이 될 수 있다. 우리는 무엇을 위해 살 것인가? 인생의 목표는 그만큼 소중하다.

10월의 서

2017. 2. 8
니여

길

나의 소년 시절은 은빛 바다가 엿보이는 그 긴 언덕길을 어머니의 상여와 함께 꼬부라져 돌아갔다.

내 첫사랑도 그 길 위에서 조약돌처럼 집었다가 조약돌처럼 잃어버렸다.

그래서 나는 푸른 하늘빛에 호져 때없이 그 길을 넘어 강가로 내려갔다가도 노을에 함북 자줏빛으로 젖어서 돌아오곤 했다.

그 강가에는 봄이, 여름이, 가을이, 겨울이 나의 나이와 함께 여러 번 다녀갔다. 까마귀도 날아가고 두루미도 떠나간 다음에는 누런 모래둔과 그리고 어두운 내 마음이 남아서 몸서리쳤다. 그런 날은 항용 감기를 만나서 돌아와 앓았다.

할아버지도 언제 난지를 모른다는 마을 밖 그 늙은 버드나무 밑에서 나는 지금도 돌아오지 않는 어머니, 돌아오지 않는 계집애, 돌아오지 않는 이야기가 돌아올 것만 같아 멍하니 기다려 본다. 그러면 어느새 어둠이 기어와서 내 뺨의 얼룩을 씻어 준다.

김기림

애당초 이 글은 시가 아니라 수필로 발표된 글이다. 시인의 저서에도 시집에 수록되지 않고 수필집에 수록되었다. 그러므로 시집을 아무리 뒤적여도 이 글은 없다.

그런데 후세의 독자들이 자꾸만 이 글을 시로 읽고 시집에 수록하는가 하면 시라고 말하고 있다. 이제는 아무도 이 글을 수필이라고 생각하는 사람은 없다. 그렇게 독자들의 힘은 무섭고 세월의 두께는 힘이 세다.

한 소년의 성장 과정이 너무도 선명하고 아름답게 드러나 있다. 좋은 시란 설명되기 이전에 전달되는 것. 여기서 무슨 사족(蛇足)이 더 필요하랴. 다만 "조약돌처럼 집었다가 조약돌처럼 잃어버"린 것이 "첫사랑"이라는 시인의 말이 유난히 가슴에 와 남는다. 나의 첫사랑은 누구였으며 언제였을까?

선비의 사흘
–사별삼일 괄목상대

'선비는 헤어져 사흘 만에 만나도 눈을 크게 뜨고 바라볼 정
도로 달라져 있어야 한다.'

뜻을 두고 사는 사람, 공부하는 젊은이는 언제나 자기를 지
키면서 벽돌을 쌓아 가는 심정으로 살아야 한다. 그리하여 날
마다 변하고 발전하는 사람이 되어야 한다. 몸만 변하는 게
아니라 마음이 자라야 한다. 그만큼 공부하는 사람은 쉬지 않
고 공부하고 노력해야 한다는 뜻이다.

'사별삼일 괄목상대(士別三日 刮目相對)', 중국의 소설책『삼
국지』에 나오는 말이다.

묘비명

많이 보고 싶겠지만

조금만 참자.

　　　　　　　　　　　　　　　　　　　나태주

　내가 세상을 뜬 뒤의 일을 생각해 본다. 나는 무덤 안에 누워 있는데 누군가 나를 보고 싶은 마음이 있어 찾아왔다고 하자. 그때 나의 무덤 앞 조그만 돌 위에 이 글이 쓰여 있었다고 하자.

　나를 찾아온 사람이 이 글을 읽을 것이다.

　"많이 보고 싶겠지만 / 조금만 참자."

　짧고 단순한 문장이지만 글 안에는 상당한 반전이 숨어 있다. 그것은 인생의 경고다.

　'너 지금 여기 왜 왔지? 내가 보고 싶어서 왔겠지. 그렇다면

조금만 보고 싶은 마음을 참고 기다려라. 때가 되면 너도 나를 만날 수 있을 것이다.'

　결국은 누구나 죽는다는 말이고, 그것은 살아 있는 동안 시간을 아껴서 쓰며 열심히 살자는 권고이기도 하다.

메이저와 마이너

인간은 누구에게나 마이너 시대가 있고 메이저 시대가 있게 마련이다. 오히려 마이너 시대가 길수록 메이저 시대가 눈부시게 개화하는 경우가 많다. 지금 자신이 마이너라고 생각하는가? 그렇다면 그 마이너를 참고 견뎌라. 언젠가는 자신이 메이저가 될 때가 있을 것이다.

마이너 시대를 거치지 않은 메이저는 무의미하다. 그건 정말로 그렇다. 세상의 모든 것을 가졌다고 해서 행복한 것도 아니고 훌륭한 것도 아니다. 어디까지나 스스로 노력하고 성취한 것만이 보람 있는 것이고 자랑스런 인생의 유산이 된다.

마이너 다음에 메이저다. 당신은 다만 메이저를 준비하는 사람이고, 언제든 메이저 앞에 서 있는 사람일 뿐이다.

오늘을 사랑하라

어제는 이미 과거 속에 묻혀 있고
미래는 아직 오지 않은 날이다.

우리가 살고 있는 날은 바로 오늘,
우리가 사용할 수 있는 날은 오늘,
우리가 소유할 수 있는 날은 오늘뿐.

오늘을 사랑하라.
오늘에 정성을 쏟으라.
오늘 만나는 사람을 따뜻하게 대하라.

오늘은 영원 속의 오늘,
오늘처럼 중요한 날도 없다.
오늘처럼 소중한 시간도 없다.

오늘을 사랑하라.

어제의 미련을 버려라.

오지도 않은 내일을 걱정하지 마라.

우리의 삶은 오늘의 연속이다.

오늘이 30번 모여 한 달이 되고

오늘이 365번 모여 일 년이 되고

오늘이 3만 번 모여 일생이 된다.

토머스 칼라일

천사의 눈

좋은 생각을 하고 좋은 것을 꿈꾸는 사람은 좋은 것을 본다. 아름다운 것을 꿈꾸고 아름다운 것을 생각하는 사람은 아름다운 것을 본다. 그런 사람들에게 세상은 좋은 곳이고 아름다운 곳이다. 당신의 세상은 좋은 세상이 아니고 아름다운 세상이 아닌가? 그렇다면 당신의 꿈과 생각이 좋지 않아서이고 아름답지 않아서이다.

천사의 눈을 가진 사람만이 천사를 볼 수 있다. 이 세상에서 천국을 보고 천국의 삶을 살 수 있는 사람만이 천국에 갈 수 있다. 천국을 보는 눈과 천국을 느끼는 마음이 없다면 천국에 데려가도 천국을 알아보지 못하고 천국의 삶을 살 수도 없을 것이기 때문이다.

행복한 사람

'주는 것은 받는 것보다 행복하고, 사랑하는 것은 사랑받는 것보다 아름다우며 사람을 행복하게 한다.' 독일의 시인 헤르만 헤세의 말이다.

'자기가 사랑받는 사람인 것을 아는 사람보다 더 행복한 사람은 없다.' 이런 말을 한 사람은 누구일까?

구부러진 길

나는 구부러진 길이 좋다

구부러진 길을 가면

나비의 밥그릇 같은 민들레를 만날 수 있고

감자를 심는 사람을 만날 수 있다

날이 저물면 울타리 너머로 밥 먹으라고

부르는 어머니의 목소리를 들을 수 있다

구부러진 하천에 물고기가 많이 모여 살 듯이

들꽃도 많이 피고 별도 많이 뜨는 구부러진 길

구부러진 길은 산을 품고 마음을 품고

구불구불 간다

그 구부러진 길처럼 살아온 사람이 나는 또한 좋다

반듯한 길 쉽게 살아온 사람보다

흙투성이 감자처럼 울퉁불퉁 살아온 사람의

구불구불 구부러진 삶이 좋다

구부러진 주름살에 가족을 품고 이웃을 품고 가는
구부러진 길 같은 사람이 좋다

이준관

   바람 많이 부는 날 풀밭에 나가 보면 풀들이 모로 쓰러져 있음을 본다. 그렇지만 날이 개고 햇빛이 비치면 다시금 꼿꼿이 일어나 하늘로 향한다. 위기를 만나 한번쯤 구부러지거나 엎드려 있거나 참고 기다림은 결코 비굴이 아니다. 변절도 아니다.

   그것은 오히려 인내요 지혜요 선량이다. 여기서 배려가 나오고 부드러움이며 어울림도 출발하고 타협도 나온다.

   '곡즉전(曲則全)', 구부러진 것이 오히려 온전한 것이다. 『노자』가 들려주는 인생행로다.

물망초
-For get me not

부르면 대답할 듯한

손을 흔들면 내려올 듯도 한

그러면서 아득히 먼

그대의 모습,

하늘의 별일까요?

꽃 피워 바람 잔 우리들의 그 날,

나를 잊지 마세요.

그 음성 오늘 따라

더욱 가까이에 들리네

들리네.

김춘수

'꽃'의 시인답게 사랑스럽고 귀여운 시다. "나를 잊지 마세요." 그것은 사랑의 인사이면서도 이별의 인사. 그렇다면 사랑이 곧장 이별인가?

순수의 전조前兆·3

한 알의 모래에서 세상을 보고
한 송이 들꽃에서 하늘을 보려면
네 손바닥에 무한을 쥐고
한 순간에 영원을 담아라.

인간은 기쁨과 슬픔을 위해 창조되었으니
이를 제대로 깨달을 때
우린 세상을 무사히 살아내네.
모든 비애와 시름 아래엔 언제나
기쁨의 두 겹 비단실이 깔려 있네.

의심의 말에 답하는 이는
지식의 불을 꺼버리는 것.

해와 달이 의심을 품으면
즉시 그 빛을 잃으리.

밤의 영역에 사는 가련한 영혼들에게
신은 빛으로 나타나시나
빛의 영역에 사는 사람들에겐
인간의 모습으로 자신을 드러내신다.

윌리엄 블레이크

　특히 첫 연이 좋다. 참으로도 단호하고도 눈부신 자연과 인
생, 우주의 비밀을 담았다.

오늘

당신이 불평하면서 헛되게 보내는 오늘은 어제 죽은 사람이 그렇게도 살고 싶었던 내일이다.

에머슨

에머슨이란 사람의 말처럼, 그렇게 우리는 날마다 기적적으로 '오늘'이라는 시간대를 살고 있는 사람들이다.

너를 말해 주는 것들

지금 네 곁에 있는 사람과 네가 자주 가는 곳과 네가 읽고 있는 책이 너를 말해준다.

괴테

이 글 또한 서울의 광화문 교보빌딩 글판에 올라와 지나는 시민들에게 새로운 생각을 심어 준 문장이다.

이 가을에

아직까지도 너를
사랑해서 슬프다.

나태주

한동안 나는 '사랑하면 슬퍼지나, 아니면 슬퍼지면 사랑하게 되나?'에 대해서 생각해 본 일이 있다.

아무래도 사랑하면 슬픈 마음이 더불어 생기기도 할 것 같다. 결국은 부처님의 '자비심'이란 말 속에 해답이 있었다.

가을이 와 모든 나무들이 나뭇잎을 버렸는데 아직도 나뭇잎을 매달고 있는 어린 장미나무는 보는 이의 마음을 애달프게 한다. 머지않아 내릴 차가운 서리에 시들고 말겠지. 사랑하는 마음을 내려놓아야 할 때 끝내 내려놓지 못하는 마음도 마찬가지다.

신발 한 짝

인도의 민족운동 지도자이자 인도 건국의 아버지인 마하트마 간디의 젊은 시절 이야기다. 영국에서 법률 공부를 하고 난 간디는 한 시절 남아프리카 공화국에서 변호사로 일한 적이 있다.

기차를 타고 볼일을 보러 가던 어느 날, 차 시간에 조금 늦게 도착한 간디는 급하게 기차에 올라탔다. 서둘러 기차 발판을 딛는 순간, 한쪽 신발이 벗겨져 기차 밖으로 떨어지고 말았다. 신발을 주우려 했으나 기차가 이미 출발한 뒤라서 할 수가 없었다. 그러자 간디는 신고 있던 나머지 신발 한 짝을 벗어 재빨리 밖으로 내던졌다. 동행하던 사람이 이상하게 생각되어 물었다.

"왜 남은 한쪽 신발을 벗어서 던졌습니까?"

간디는 웃으면서 대답했다.

"누군가 저 신발을 줍는다면 한쪽만 있어서는 신을 수 없지 않습니까!"

어차피 한쪽 신발이 기차 밖으로 떨어져 나갔기 때문에 자신이 신고 있는 나머지 신발은 아무 쓸모도 없다는 것을 알고 다른 사람이라도 그 신발을 신게 하려고 한 것이다.

이것은 작은 일 같지만 평소 타인에 대한 배려의 정신이 깊은 사람만이 할 수 있는 일이다. 그만큼 간디의 인간애가 뿌리 깊다는 것을 알려 주는 좋은 일화이다.

자유도

우리가 잘 아는 물질 가운데 연필심으로 쓰이는 흑연과 다이아몬드가 같은 탄소로 이루어진 것을 아는 사람은 그다지 많지 않다. 여기에 더하여 매연, 즉 이산화탄소가 탄소 하나와 산소 둘의 결합이라는 것을 주의 깊게 생각하는 사람은 더욱 많지 않다. 이 세 가지는 같은 원소인 탄소라는 물질로 되어 있다. 여기에 단 하나 다른 점이 있다면 물질 구성상 자유도(自由度)의 문제이다. 매연 → 연필심 → 다이아몬드의 순으로 자유도가 떨어지도록 되어 있다.

다이아몬드는 자유도를 완전히 버리고 자신의 감옥에 스스로를 가둠으로 가장 가치 있는 물질이 되었다. 그렇지만 매연은 산소 둘과 결합하면서 가장 많은 자유도를 가졌기에 생명체에게 해로운 물질이 되었다. 우리네 인생도 우리에게 허락된 자유도를 얼마만큼 버리고 자신을 통제할 것인가가 언제나 중요하다. 성공의 열쇠가 되기도 한다.

11월의 서

문틈의 하얀 망아지
− 인생여백구과극

인생이란 무엇일까? 분명히 알고 있는 사람이 있을까? 어떻게 사는 인생이 좋은 인생인가, 분명히 알고 살아가는 사람이 있을까? 옛날부터 사람들은 인생이 무엇인가, 서로 물었을 것이다.

'인생이란 새하얀 망아지 한 마리가 빠르게 문틈으로 달려가는 것을 보는 것과 같다.'

고약한 대답이다.

문틈으로 새하얀 망아지가 빠르게 달려가는 것을 분명히 본 사람도 있을 것이다. 희끗, 새하얀 그 무엇이 스쳐 지나가는 것을 본 사람도 있을 것이다. 아무것도 보지 못한 사람도 있을 것이다.

뭐가 지나가긴 갔나요? 물을지도 모른다. 그렇지만, 그렇지만 말이다. 문틈으로 지나는 하얀 망아지 같은 인생을 분명히 본 사람과 아무것도 보지 못한 사람의 인생은 무엇이 다른 것일까? 다 같이 지나간 인생이고 다 같이 허무한 인생이고 죽음에 의해 완성된 인생이 아닐는지…….

'인생여백구과극(人生如白駒過隙)', 『장자』란 책에 나오는 문장이다.

엄마 걱정

열무 삼십 단을 이고
시장에 간 우리 엄마
안 오시네, 해는 시든 지 오래
나는 찬밥처럼 방에 담겨
아무리 천천히 숙제를 해도
엄마 안 오시네, 배추잎 같은 발소리 타박타박
안 들리네, 어둡고 무서워
금간 창틈으로 고요히 빗소리
빈 방에 혼자 엎드려 훌쩍거리던

아주 먼 옛날
지금도 내 눈시울을 뜨겁게 하는
그 시절, 내 유년의 윗목

기형도

젊은 나이에 세상을 떠난 시인. 요절이 드문 이 시대에 요절한 시인. 젊어서 떠난 시인이 인생의 깊은 곳, 아픈 곳까지 잘 알아차리고 떠났다. 그래서 더 아까운 마음이 드는 것일까.

세 친구

세 친구가 만나서 놀았다. 하루살이와 메뚜기와 개구리. 해가 저물자 메뚜기와 개구리가 하루살이에게 말했다.

"야, 날이 어두워졌으니 내일 만나서 다시 놀자."

그러자 하루살이가 대답했다.

"나는 내일이 없어 오늘 실컷 놀다가 죽어야 해."

가을이 깊고 날씨가 추워지자 개구리가 메뚜기에게 말했다.

"메뚜기야, 올해는 날씨도 추워졌으니 그만 놀고 겨울 동안 잠을 자고 내년 봄에 다시 만나서 놀자."

그러자 이번에는 메뚜기가 대답했다.

"개구리야, 나는 내년이 없어. 올해에 실컷 놀다가 날씨가 더 추워지면 죽어야 해."

과연 나의 삶은 하루살이의 그것인가? 아니면 메뚜기의 그것인가? 그것도 아니라면 개구리의 삶인가? 생각해 볼 일이다.

아버지보다 나은 아들

-승어부

아버지와 아들 두 사람이 있을 때, 누군가 다른 어른이 와서 아들이 아버지보다 낫다고 말하면 아버지도 아들도 기분이 좋을 것이다. 그런데 형과 동생이 있을 때, 동생이 형보다 낫다고 한다면 형은 기분이 나쁠 것이고 동생은 민망할 것이다. 이것이 아버지와 아들의 관계(부자지간)와 형과 동생의 관계(형제지간)가 다른 점이다.

아버지보다 나은 아들들에 의해 세상은 자꾸만 좋아지고 바뀌어 가는 것이다. 옛날 어른들은 이런 경우를 '승어부(勝於父)'라는 말로 표현했다. 직접 풀이하면 '아들이 아버지를 이긴다.'이지만, 그 숨은 뜻은 '아들이 아버지보다 낫다.'이다.

네가 있기에 내가 있다

-우분투

유럽의 어느 인류학자가 아프리카의 반투 족 어린이들을 모아 놓고 게임 하나를 제안했다고 한다. 그는 나뭇가지에 바구니 하나를 걸어 놓고 맛있는 과일을 가득 넣은 뒤 아이들에게 말했다.

"얘들아, 여기서부터 빨리 달려가서 저기 걸어 놓은 바구니에 제일 먼저 손을 대는 사람에게 저 과일을 모두 줄게."

그렇게 말하고는 유럽 아이들에게 하는 것처럼 "출발" 하고 큰 소리로 말했다. 그러자 아이들은 모두 손에 손을 잡고 한 줄로 서서 과일 바구니 앞으로 달려가더니 과일을 꺼내어 하나씩 돌려 가며 고르게 나누어 먹는 것이었다.

이 모습을 보고 인류학자는 적이 놀랍고 의아스러워 물었다.

"얘들아, 왜 혼자 달려가지 않은 거니? 누구든지 제일 먼저 달려가면 자기가 과일을 모두 가질 수 있을 텐데."

이때 아이들은 일제히 합창하듯 말했다.

"우분투! 우분투!"

우분투는 반투 족의 말로 '네가 있기에 내가 있다.' 혹은 '우리가 있기에 내가 있다.'란 뜻이라고 한다.

이제 나 혼자만 잘 사는 세상은 곤란하다. 더불어 잘 사는 세상이 중요하다. 너와 함께, 우리와 함께 잘 사는 내가 되어야 한다.

이 말을 가져다가 서양 사람들은 Ubuntu라고 영어로 적고 더불어 잘 사는 세상, '사람들 간의 관계와 헌신에 중점을 둔 윤리 사상'의 한 가지라고 풀이하고 있다.

여행

떠나 온 곳으로 다시는
돌아갈 수 없다는 걸 알기까지는
많은 시간이 필요했다.

나태주

　일본의 같은 도시를 연거푸 여행한 일이 있다. 첫 번째 여행 때 한 선물 가게에서 선물을 사고 싶었는데 망설이다가 사지 못한 적이 있다.

　두 번째 여행 때 그곳에 다시 갔었는데 일정이 맞지 않아 그 가게에는 들를 수가 없었다. 끝내 그 물건은 살 수 없었고 후회만 오래 남게 되었다.

헛되도다

전도자가 이르되 헛되고 헛되며 헛되고 헛되니 모든 것이 헛되
도다.

해 아래에서 수고하는 모든 수고가 사람에게 무엇이 유익한가!

한 세대는 가고 한 세대는 오되 땅은 영원히 있도다.

해는 뜨고 해는 지되 그 떴던 곳으로 빨리 돌아가고

바람은 남으로 불다가 북으로 돌아가며 이리 돌며 저리 돌아

바람은 그 불던 곳으로 돌아가고

모든 강물은 다 바다로 흐르되 바다를 채우지 못하며

강물은 어느 곳으로 흐르든지 그리로 연하여 흐르느니라.

모든 만물이 피곤하다는 것을 사람이 말로 다 말할 수는 없나니

눈은 보아도 족함이 없고 귀는 들어도 가득 차지 아니하도다.

이미 있던 것이 후에 다시 있겠고 이미 한 일을 후에 다시 할지라.

해 아래에는 새 것이 없나니 무엇을 가리켜 이르기를

보라 이것이 새 것이라 할 것이 있으랴.

우리가 있기 오래 전 세대들에도 이미 있었느니라.

이전 세대들이 기억됨이 없으니 장래 세대도 그 후 세대들과 함께

기억됨이 없으리라.

솔로몬 왕

예술

예술이 가난을 구할 수는 없지만 위로할 수는 있습니다.

이것은 서울의 명동 삼일로창고극장에서 본 작은 플래카드
에 쓰인 글귀. 지나가는 길에 이 글을 보면서 가슴이 따뜻해
짐을 알았다. 사람에게 용기를 주는 말이다.

포기한 것

인생에서는 선택과 집중이 필요하다. 유한한 인생으로서 세상 모든 것을 가질 수 없고 세상 모든 일을 할 수는 없는 것이다. 무엇인가를 포기해야만 다른 것을 보다 올곧게 가질 수 있다.

내가 포기한 것은 집과 옷과 자동차와 음식. 그렇다고 그런 것들을 아주 버렸다는 것은 아니다. 집은 25년 된 8천만 원짜리 아파트로 만족하고, 옷은 오래 입던 옷으로 만족하고, 자동차는 갖지 않고 다만 자전거를 타고 다니는 것으로 만족하고, 음식 또한 비싼 음식이나 고기 음식을 굳이 먹으려고 애쓰지 않는다.

그 대신 나는 글 쓰는 욕심과 책 내는 욕심과 사람 좋아하는 마음만은 버리지 못하고 살고 있다. 그것이 나의 삶이요, 나의 인생 마지막 소망이다.

반병의 포도주

반만 남은 포도주를 보고 겨우 반병밖에 안 남았다고 생각하는 사람과 아직도 반병이나 남았다고 생각하는 사람의 인생은 다르다.

버나드 쇼

영국의 극작가 버나드 쇼는 노벨상 수상자이기도 한데 독설가로도 유명하다. 95세로 세상을 떠난 뒤, 그의 묘비에 새겨진 비명이 특별해서 많은 사람의 입에 오르내리는 인물이다.

항간에는 묘비명이 '우물쭈물하다 내 이럴 줄 알았다.'라고 알려졌는데, 이는 오역이고 원문을 직역하면 '충분히 오래(어디를) 어슬렁거리면 이런 일이 일어날 줄 난 알았어(I knew if I stayed around long enough, something like this would happen).'이다.

어쨌든 우리네 인생의 하루하루가 소중하다는 것을 일깨워 주는 귀중한 응원의 말이다.

마음의 병

'건강한 육체에 건강한 정신이 깃든다.'라는 말이 있지만, 사람이 육체적으로 병에 걸리려면 마음에 먼저 병이 찾아오도록 되어 있다. 우울, 슬픔, 미움, 권태, 실망, 그런 감정들이 지속적으로 마음속에 머물면 어김없이 육체에 병이 오게 마련이다. 나도 2007년 죽을병에 걸리기 전 심한 우울감과 비애감에 빠져 산 일이 있다.

그보다는 사람에 대한 소망과 작은 일에 성취감을 느끼고 작은 것에 기쁨의 근원을 찾는 것이 중요하고 급하다. 그러면 찾아오던 병도 멀어지고, 찾아온다 해도 가볍게 왔다가 가볍게 가게 될 것이다. 더불어 작은 것에 대해 감사하는 마음도 중요하다.

결핍의 축복

오래전, 논산의 한 초등학교 교감으로 있을 때의 일이다. 출
퇴근하기 위해 지나는 논길 옆에 딸기 농사 짓는 비닐하우스
들이 있었다. 겨울에 접어들어 날씨가 추워지자 농부들은 비
닐하우스를 열어 딸기들에게 찬바람을 쐬어 주고 있었다. 왜
그러느냐 물었더니 '딸기 잠을 재우는 것'이라 했다.

딸기 잠을 재운다? 딸기들에게 겨울 체험을 시키는 과정이
란다. 그렇게 열흘 정도 찬바람을 쐬인 뒤, 다시 비닐하우스
를 치고 실내를 따뜻하게 해 주면 딸기들은 다투어 꽃을 피운
단다. 말하자면 겨울을 견디고 새봄이 왔다고 믿는다는 것이
었다.

꽃들이 봄에 팝콘 터지듯 다투어 피어나는 것은 추운 겨울
을 보냈기 때문이다. 언제든 겨울이 없는 봄은 없다. 그것은
인생에서도 마찬가지. 고난이 없는 인생은 없다. 차라리 고난
이 없는 인생은 무의미하고 무가치한 인생이라 할 것이다.

나는 이것을 결핍의 축복이라고 부른다. 내게 있던 것이 사라진 상태가 결핍이다. 결핍은 괴로운 일이지만, 결핍은 결코 결핍으로 끝나지 않는다. 다시금 모자란 부분을 채우고자 하는 강한 욕구가 있게 마련이다. 이러한 강한 욕구가 인생을 더욱 빛나고 아름답게 만들어 주는 요인이 된다.

　나는 여기서 말하고 싶다. 살아난다는 보장만 있다면 젊은 나이에 죽을병에 한 번 걸려 보는 것도 그다지 나쁘지 않다고. 그런 뒤 그의 인생은 완전히 달라진 인생, 축복 받는 인생이 될 것을 믿기 때문이다.

가지 않은 길

단풍 든 숲 속에 두 갈래 길이 있었습니다.
한 몸으로 두 갈래 길을 다 갈 수 없는 나는
안타까운 마음으로 한참 동안 서서
참나무 숲 속으로 접어든 한쪽 길을
끝 간 데까지 바라다보았습니다.

그러다가 하는 수 없이 한쪽 길을 택했지요.
그 길은 풀이 더 우거지고 사람들
걸은 흔적이 적었기 때문이지요.
내가 그 길을 걸음으로 해서 그 길도 나중에는
다른 쪽 길과 거의 같아질 것이겠지만 말입니다.

서리 내린 나뭇잎 위에는 아무런 발자국도 없었고
두 길은 그날 아침 똑같이 멀리 뻗어 있었습니다.

아, 다른 쪽 길은 뒷날에 다시 걸어보리라! 생각했지요.

길은 길에 이어져 끝이 없으므로

내가 여기 다시 돌아올 날을 의심하면서 말입니다.

오랜 세월이 흐른 다음,

나는 한숨을 쉬면서 말할 것입니다.

숲 속으로 두 갈래의 길이 있었노라고,

나는 사람이 덜 다닌 길을 택하였노라고,

그것으로 하여 모든 것들이 달라지고 말았노라고, 말입니다.

　이 글은 미국의 국민시인으로 불렸던 로버트 프로스트의
시이다. 시인은 생전에 국민들의 사랑과 존경을 받았으며, 사
후에도 많은 사람들에게 삶의 지혜를 주는 글을 남겼다.

시인은 케네디 대통령 취임식 때 축시를 읽은 것으로도 유명한데, 생전에 시인을 만난 우리나라의 피천득 선생 같은 이는 시인의 손이 무척 크고 부드러우며 마음씨가 따뜻했다고 회고하고 있다. 시인은 글도 좋아야 하지만 인품도 좋아야 한다는 것을 말해 준다.

인생이란 것은 누구에게나 '가지 않은 길'이고 '이미 지나쳐 버린 길'이다. 가지 않은 길이 간 길이고 간 길이 가지 않은 길이라는 것! 이것을 깨닫는 데는 오랜 세월이 필요하고, 또 그것을 알았을 때는 많은 것들이 지난 뒤이며 되돌릴 수 없을 만큼 늦어 버린 뒤라는 것이 인생의 묘미이자 안타까움이라 하겠다.

12월의 서

2017. 2. 오세영 그림

시골 한의사의 유언

사람은 죽을 때 가장 착한 사람이 되고 가장 진실한 사람이 된다고 한다. 마지막 숨이 넘어가면서 정신이 조금 남았을 때 번갯불처럼 짧고도 빛나는 한마디 말을 남긴다.

그래서 장군은 장군다운 생애를 마치고, 시인은 시인다운 일생, 화가나 음악가는 예술가다운 생애를 서둘러 완성하게 된다고 한다.

그 가운데서도 내가 제일 좋아하는 말은 어느 시골 무명 시인이 죽으면서 자기 아들에게 남겼다는 이런 말씀이다.

"인생은 허무한 거야. 자네도 잘 살다 오시게."

사랑의 게임

보통 운동 경기나 현실의 게임에서는 강자가 이기는 것이 원칙이다. 그렇지만 사랑의 게임에서는 다르다. 오히려 강자가 지는 것이 사랑의 게임이다.

엄마와 딸 중 서로 의견이 맞서거나 감정을 세웠을 때 누가 이기는 사람인가? 분명 딸이 이기는 사람이 될 것이다. 엄마가 딸보다 더 많이 사랑하기 때문이다. 이런 사실은 중학생도 충분히 아는 일이다.

사랑한다면서 오늘도 사랑하는 사람과 맞서서 당신이 이겼는가? 그렇다면 당신은 더 많이 사랑하는 사람이 아니다. 사랑은 보다 강한 사람, 보다 많이 사랑하는 사람이 지는 이상한 게임이다.

기를 쓰고 이기려고만 하지 마라. 가끔은 져 줄 줄도 알아라. 그런 게임을 익히게 되는 날, 당신의 인생도 성큼 성숙한 인생이 될 것이다.

연서

이 세상에서 당신을 사랑하는 사람이
백 사람이 있다면
그 중에 한 사람은 나입니다.

이 세상에서 당신을 사랑하는 사람이
열 사람이 있다면
그 중에 한 사람은 나입니다.

이 세상에서 당신을 사랑하는 사람이
한 사람밖에 없다면
그 한 사람은 바로 나입니다.

이 세상에서 당신을 사랑하는 사람이
한 사람도 없다면

그건 내가 이 세상에 없기 때문입니다.

프란체스카 도너 리

프란체스카 여사는 우리나라의 초대 대통령 이승만 박사의 부인이다. 오스트리아 출신으로 위의 시는 결혼하기 전 이 박사에게 보낸 영문으로 된 편지글을 번역한 것이다.

4·19 이후 하와이로 망명했던 이 박사가 현지에서 돌아간 뒤, 여사가 단독으로 귀국하여 창덕궁 낙선재에서 잠시 살던 때의 일이라고 한다. 여사는 한낮에는 문을 활짝 열어 놓고 관광객이 오가는 것을 보면서 무료한 날들을 견뎠다. 어느 날, 시골에서 올라온 한 할머니가 벽안(碧眼)의 여사를 알아보고 다가와 치마를 홀쩍 걷어 올려 돈주머니를 꺼내더니 천 원짜리 한 장을 여사에게 주면서 이렇게 말했다고 한다.

"우리나라를 위해 독립운동하느라 고생이 많았구려. 이걸로 과자나 사 자시구려."

　프란체스카 여사는 오랫동안 이 돈을 간직하면서 주변 사람들에게 자랑했다고 한다. 이 또한 아름다운 이야기이다.

성공한 인생

성공한 인생이란 어린 시절 자기가 꿈꾸던 자기를 찾아내어 그것을 끝내 실천하고 완성했을뿐더러, 그것이 다른 사람들의 삶에도 도움이 되게 하는 사람의 인생이다.

눈 덮인 들판에서

상해임시정부 수반이며 독립운동가였던 백범(白凡) 김구 선생이 평생 동안 가슴에 품고 사랑했던 말씀은 조선의 임진왜란 때 승병장이었던 서산대사가 쓴 한 편의 시이다. 그렇게 글과 말은 어려운 시대를 사는 사람들에게 큰 위로와 힘을 주는 것이다.

눈 덮인 들판을 걸어갈 때
부디 그 길을 어지럽게 하지 마시오
오늘 남긴 당신의 발자국
내일에 뒤따르는 사람들 이정표 된답니다.

서산대사

원래의 시는 이러하다. '답설야중거(踏雪野中去)/불수호란행(不須胡亂行)/금일아행적(今日我行蹟)/수작후인정(遂作後人程).'

행복

젊은 시절엔 나 또한 행복이 멀리 있는 그 무엇인 줄 알았다. 그런데 나이를 먹고 보니 행복이란 단지 '기뻐하는 마음'이란 것을 알게 되었다.

어린이가 선물을 받으면 좋아하고 기뻐한다. 나이 드신 분이 객지에 사는 자식한테서 전화가 걸려 오면 기뻐한다. 이것이 바로 행복이다.

이러한 행복을 우리는 방해해서는 안 된다. 행복은 기쁜 마음이다. 서로가 서로의 기쁨을 위해 노력해야 한다. 이것 하나만 제대로 알아도 인생의 무늬는 확 달라지도록 되어 있다.

사랑

    사랑 또한 나는 특별한 것인 줄 알았는데 사랑은 단지 '보고 싶은 마음' 그것에 지나지 않았다.

    눈을 감아 보라. 누군가의 얼굴이 떠오르는가? 그가 보고 싶은가? 그의 생각이 마음속에서 떠나지 않는가? 그의 목소리가 들리는가? 그리하여 가슴까지 울렁거리는가? 그렇다면 당신은 그를 사랑하는 것이다. 피하지 마라. 그 사랑을 받아들여라.

내가 잘한 것 네 가지

지금까지 살아오면서 내가 잘한 것을 말하라면 네 가지를 꼽는다. 첫째는 시를 쓰면서 산 것, 둘째는 초등학교 선생을 한 것, 셋째는 시골에서 계속 산 것, 넷째는 자동차 없이 산 것. 그러나 이 모두는 메이저가 아니라 마이너. 마이너가 오늘의 나를 살렸고 오늘의 나를 있게 했다.

특별한 기회

죽음이 우리를 찾아오는 것인가, 우리가 죽음을 찾아가는 것인가? 많은 사람들은 죽음이 우리를 찾아온다고 답한다. 과연 그럴까?

우리가 늙은 사람이 된 것은 우리 스스로 늙은 것인가, 아니면 우리 부모가 우리를 늙게 한 것인가? 우리 스스로 복닥거리며 살다 보니 이렇게 늙은 사람이 된 것이다. 그렇다면 답은 간단하다. 죽음이 우리를 찾아오는 것이 아니고 우리가 죽음을 찾아가는 것이다.

그렇다면, 정말로 그것이 그렇다면 죽음은 하나도 무서운 것이 아니고 기피의 대상도 아니다. 그것도 하나의 성장이요, 변화요, 우리가 끝내 이루어야 할 인생 과업이다.

'전설의 고향' 같은 데서 나오는 저승사자 같은 것은 없다. 천사도 없다. 다만 우리가 천사를 찾아갈 때 천사가 마중 나와 줄 뿐이다.

돌아가신 예수님을 보았다는 사람의 말은 거짓이다. 다만 우리는 예수님의 옷자락만을 볼 뿐이다. 그것도 잠시, 그리고 특별하고 특별한 사람들만이 특별하고도 특별한 기회에.

걱정 인형

무릇 걱정에는 세 가지가 있다. 첫째는 열심히 걱정하고 고민하면 해결이 가능한 걱정이고 둘째는 아무리 걱정을 하고 고민을 해도 해결이 되지 않은 걱정이다. 마지막으로 셋째는 그냥 놔두면 저절로 해결되는 걱정이다.

현명한 사람은 위의 세 가지 걱정 가운데에서 첫 번째 걱정만 치열하게 잠시 동안만 하고 나머지 걱정은 내버려 두는 사람이다. 오히려 걱정하는 시간에 휴식하고 다른 일에 몰두하면서 즐겁게 살아간다.

부디 자기가 걱정인형이라도 되는 것처럼 세상의 모든 걱정을 끌어안고 살지 말라. 진정 지혜로운 사람은 걱정을 일부러 사서 하지 않는다는 것을 알아야 한다. 티베트 속담에 이런 말이 있다. '걱정을 해서 걱정이 없어진다면 걱정이 없겠네.'

톨스토이의 성장

러시아의 전설적인 소설가 톨스토이는 인생의 화두로 '성장'을 내세웠다. 그는 82세까지 살면서 명예와 건강과 재산을 골고루 누렸던 인물인데, 50세에 이르러 자기 인생을 돌아보면서 '회심'의 기회를 갖고 지나온 날들에 대해서 통회하면서 참회록을 쓰고, 그 이후로는 새로운 사람처럼 32년을 더 살다 간 사람이다.

톨스토이가 말하는 성장의 조건으로는 세 가지가 있는데 첫째가 몰입, 둘째가 소통, 셋째가 죽음이 기억하는 삶이다.

무슨 일이든 몰입하는 사람의 삶이 성공하는 삶이고 행복한 삶이다. 무릇 성공한 사람들의 삶을 들여다보면 모두 몰입하는 능력이 있다는 것을 알 수 있을 것이다. 몰아의 경지에서 치열하게 접근할 때 무슨 일이든지 성공적으로 이루어지지 않을 까닭이 없다.

두 번째는 소통으로, 자기와의 소통, 타인과의 소통, 세상과의 소통을 말한다. 여기서 소통은 그 본질을 정확하게 잘 파악한 다음 서로가 상호작용하는 것을 말한다. 소통이 잘될 때 생명감각을 갖게 되고 상생의 세계를 이루게 되고 조화를 이루게 될 것이다.

세 번째, 죽음을 기억하는 삶은 더욱 중요하다. 오늘과 어제와 내일을 구분하는 마음의 능력이고 순간을 영원처럼 소중하게 여기며 사는 삶의 자세를 말한다. 그렇게 될 때 하루하루는 오직 하루하루의 삶이 될 것이며 모든 순간은 빛나는 삶의 순간으로 가득 찰 것이다.

인생의 수고

한 사람 인생의 수고가 어디에 있는가. 어린 사람이 공부하는 수고는 오로지 그가 어른이 되어 직장을 얻고 돈을 벌어 잘사는 사람이 되는 데에 있고, 젊은 사람이 일하는 수고는 젊은 시절 가정을 꾸리고 여행하고 여가를 즐기는 데에도 있지만 오히려 늙어서 궁핍하지 않게 사는 데에 있다.

놀랍게도 인생의 핵심은 노년에 있다. 끝내는 인간적 존엄을 잃지 않으며 죽음에 이르는 길이 인생의 가장 아름다운 목표이며 성취임을 알아야 한다.